KB166561

결혼하고 연애 시작

결 혼 하 고
연 애 시 작

지은주 · 프랑크 브링크 지음

나비장책

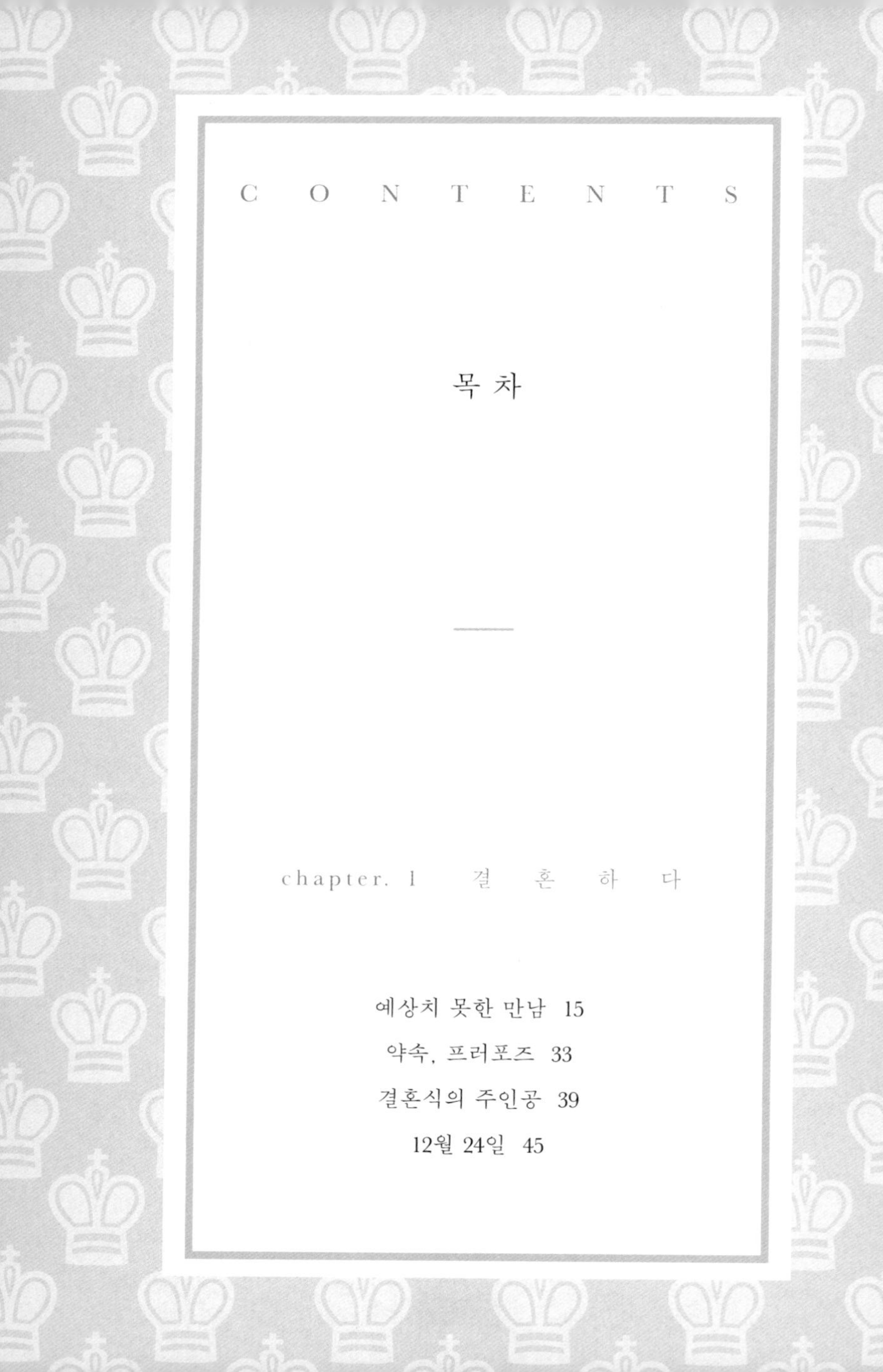

C O N T E N T S

목 차

chapter. 1 결 혼 하 다

chapter. 2 결혼하고 연애 시작

chapter. 3 그 남자와 함께 살기

chapter. 4 그 여자와 함께 살기

chapter. 5 그와의 연애 장소

- 네덜란드 -

c h a p t e r . 1

결 혼 하 다

"나랑 결혼하자."

촛불로 환하게 밝힌 방,
또 다시 기약 없는 이별을 앞둔 어느 날,
내 약지를 가만히 감싸쥐며 그가 고백했다.
그의 손가락은 활활 타오르는 촛불처럼 뜨거웠다.

예상치 못한 만남

소박했던 꿈 _ 우리가 처음 만난 곳은 한국도 네덜란드도 아닌 이탈리아였다. 게임 방송국에 입사한 지 2년째 되던 해, 이탈리아 위성 중계팀에 합류한 것을 계기로 난생처음 해외 출장을 가게 되었다. 외국에 나가보는 건 어릴 때부터의 내 소박한 꿈이었다. 비행기를 타고 도착한 외국의 근사한 호텔에 몸을 뉘어보는 것이 소원일 정도로 간절했다.

지난 2년간 내가 만든 영상에 환호하는 사람들을 바라보며 쉼 없이 달려왔다. 그래도 마음 한구석에는 언제나 작은 소망이 자리하고 있었다. 그리고 스물다섯이 되던 해 겨울, 내 소박한 꿈이 이루어졌다.

해외 출장이라는 명목으로 비행기에 오른 나는 코가 시린 줄도 모르고 습자지만 한 창문에 얼굴을 비비며 발아래 구름 밑 세상을 물끄러미 바라보았다. 이제 열다섯 시간 후면 나는 서울이 아닌 이탈리아에 서 있을 것이다.

'꿈이 이루어졌어.'

꿈이 이루어진 아침 _ 내 첫 해외 출장지는 이탈리아 밀라노에서 약 한 시간 정도 떨어진 작은 시골 도시 몬차[Monza]였다. 지난밤, 호텔 방 문을 열고 하얀 침대보 위에 가만히 몸을 누이면서 내 가슴은 설렘이 남기고 간 짙은 여운으로 두근댔다. 꿈이 이루어진 아침을 맞이하며 유럽 특유의 겨울 냄새에 코끝이 시렸지만, 이불이 사르륵거리며 내는 기분 좋은 소리와 감촉은 추위마저 잊게 했다.

처음 만나는 유럽의 작은 마을, 인적 드문 길가에 홀연히 서 있는 호텔에서 조금만 더 이 기분을 만끽하고 싶었다. 하지만 벅찬 감동을 추스를 겨를도 없이, 숨이 막힐 듯 빡빡한 일정에 쫓기는 신세가 되었다. 째깍째깍 쉼 없이 돌아가는 시계 초침이 얄미울 정도였다.

시차 탓에 깊은 잠을 이루지 못한 선배들과 간단히 아침식사를 하고 향한 곳은 F1[국제자동차경주대회] 경기장이었다. 레이싱의 본고장 이탈리아답게 해마다 몬차에서는 세계 최고 자동차 경주대회 '이탈리아

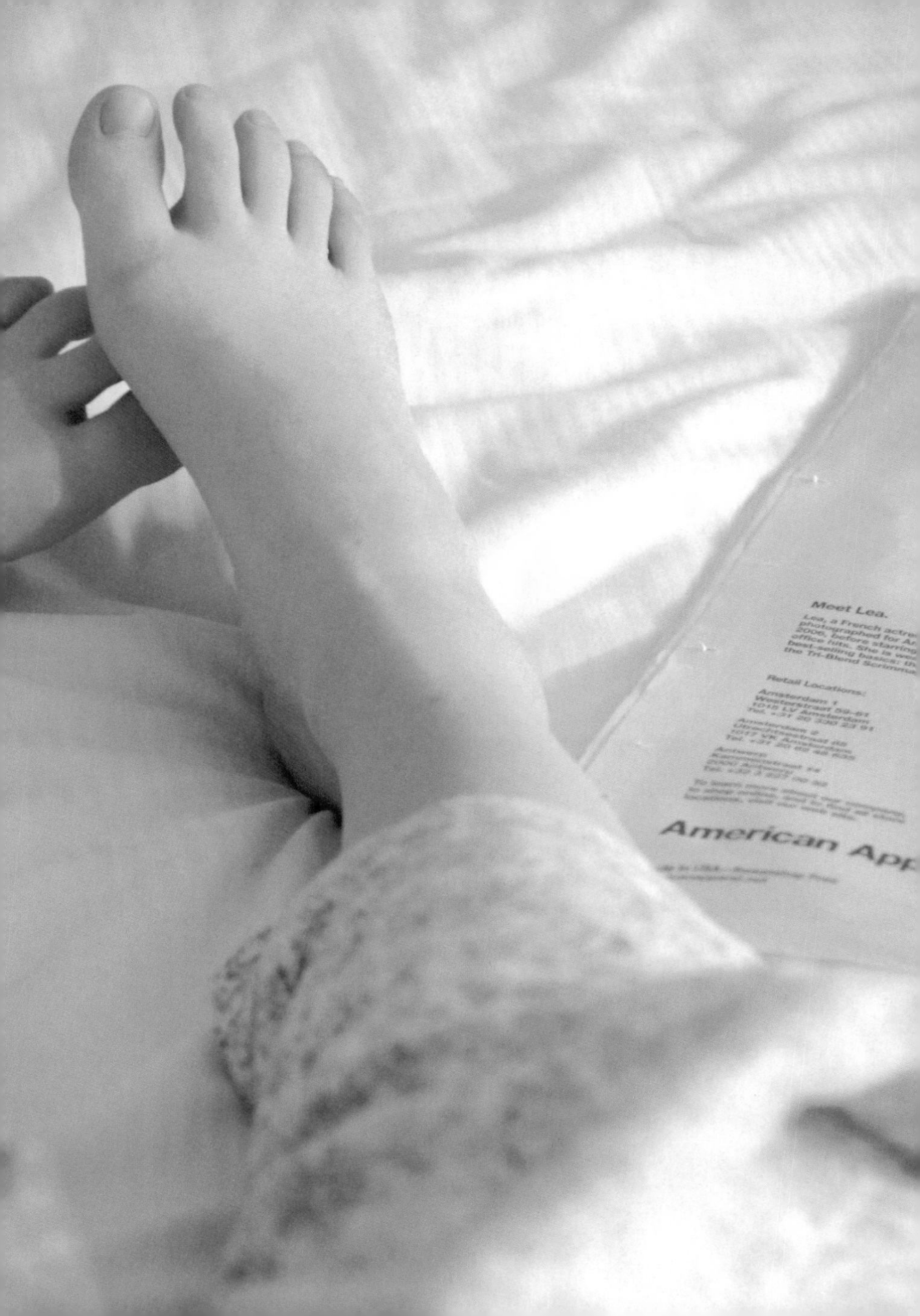
Meet Lea.
Retail Locations:
Amsterdam 1
American App

그랑프리'가 열린다. 서킷 길이만 5,793킬로미터에 이르는 이 거대한 경기장이 앞으로 닷새 동안 바쁘게 뛰어다녀야 하는 우리의 생방송 무대였다. '이 어마어마한 경기장이 내가 일할 곳이구나'. 순간 몽상의 세계에서 헤매던 정신이 바짝 현실로 돌아왔다.

분초를 재가며 방송 준비를 하는 사이 해외 자원봉사자들이 하나 둘 모여들었다. 이들은 세계 굴지의 실력파 게이머들이 모인다는 게임올림픽의 심판을 맡아줄 예정이었다. 그들 중 유독 키가 큰 한 사람에게 자꾸 눈이 갔다. 자신을 네덜란드 사람이라고 소개한 그는 4개 국어를 유창하게 구사하며 변변치 않은 내 외국어 실력을 넉넉히 포용해주는 능력자였다. 또한 무대 위에서 일어나는 생방송 악재들을 몇 번이나 막아주기도 해 내 눈에는 그가 백마 탄 왕자처럼 멋있어 보였다. 그와 조금 더 대화를 하고 싶었지만, 워낙 긴박한 상황이라 그럴 만한 여유를 찾기란 힘들었다. 그저 오가며 가볍게 눈인사를 나누는 것으로 아쉬움을 달랠 수밖에 없었다. 그러다 그와 다시 만났을 때 우리 사이에는 어색한 침묵만이 흘렀다.

"누가 이길 것 같아?"

그가 정적을 깨며 물었다.

"키 큰 아이. 난 키 큰 사람이 좋거든."

편협하고도 엉뚱한 내 대답에 그는 눈도 깜빡이지 않고, "그럼 나도 좋겠네" 하며 환하게 웃었다.

"응, 너도 좋아. 키가 크니까."

키가 커서 좋다는 말은 진심이었다. 키가 크다는 것은 한덩치 하는 내 몸을 상대적으로 작아 보이게 할 수 있으므로 남자친구의 조건 중 쉽사리 포기하기 힘든 부분이었다. 하지만 단지 그의 키가 커서 좋았던 것만은 아니었다. 금발에 회색빛이 감도는 깊고 푸른 그의 눈은 신비롭고 아름다웠다. 비밀스럽게 흘깃거리는 내 눈빛을 혹시 그에게 들킬까봐 나는 몇 번이나 황급히 고개를 돌리고, 딴청을 피웠다. 그때마다 내 얼굴은 홍시처럼 붉게 달아올랐다. 긴박하게 흘러가는 생방송 무대 위에서만 그를 만날 수 있다는 사실이 못내 아쉬웠다.

방송이 끝나고 녹초가 되어 숙소로 돌아와서도 내 시선은 그의 흔적을 따라다녔다. 호텔 로비, 식당, 낡은 6인승 엘리베이터. 그를 좇는 시선 속에는 소설이나 영화에서 봤음 직한 달콤한 로맨스를 꿈꾸는 소녀 같은 마음이 짙게 깔려 있었다.

'사람들로 꽉 찬 엘리베이터에서 슬며시 그가 손을 잡는다면 어떨까? 엘리베이터 문이 닫히는 순간, 그가 뛰어들어온다면 내 심장이 터져버릴지도 몰라.'

상상의 로맨스는 스스로 생각해도 손발이 오그라들고 낯 뜨거우리만치 유치해서 나도 모르게 웃음이 터져나왔다. 그렇게 닷새가 흘렀다. 그 시간은 빨간색 페라리가 섬광처럼 결승점을 통과하는 속도만큼 빨랐다. 그리고 나는 다시 서울로 돌아왔다.

그에게 온 편지 _ 한국에 돌아온 지 며칠 지나지 않아 메일함에서 그의 이름을 발견했다. 두근대는 마음을 진정시키고 메일을 열자, '우리 만날까?'라고 쓴 첫 문장이 눈에 들어왔다. 메일에는 행사가 끝난 뒤 친구와 한 달 동안 이탈리아 전역을 여행하고 있다는 내용과 나를 다시 한 번 꼭 만나고 싶다는 바람이 담겨 있었다. 그의 말에 내 심장은 터질 듯 뛰었다. 하지만 나는 이미 서울이지 않은가. 바쁜 방송국 스케줄이 그저 원망스럽기만 했다.

비록 물리적인 거리와 시차는 있지만, 그에게 끌리는 마음은 그것들을 누르기에 충분했다. '괜찮은 외국인 친구 한 명쯤 사귀는 것도 좋잖아.' 영어 실력을 늘리겠다는 그럴싸한 명분을 내세워 나는 그와 영어로 메일을 주고받기 시작했다.

우리는 메일 또는 메신저로 매일 만났다. 손끝이 닿지 않는 거리였지만 문자로 나누는 서로의 삶은 무척 흥미로웠다. 그는 암스테르담 대학의 정치학과 학생이었고, 나이 스물에 독립했다. 일주일에 두 번 수업이 있고 지역구 의원으로도 활동 중이었다. 학기 중에도 짬짬이 여행을 다니는 게 취미라는 그는 벌써 24개국이 넘는 나라

에 발 도장을 찍었다. 내 대학 시절은 어땠더라. 생각해보면 그 당시 나는 빡빡하게 짜인 시간표를 따라 학교와 집을 오가기에 바빴고, 지금은 좌석버스에 몸을 싣고 출퇴근을 하며 반복적인 매일을 살아내고 있다. 풍차의 나라 네덜란드에 살고 있는 스물두 살 청년의 일상은 퍽퍽하고 건조한 서울 생활에 익숙한 내게 꿈같은 이야기였다. 그런 얘기를 들을 때마다 은근히 질투심이 일었다. 나는 믿을 수 없다는 투로 "그게 가능해?" 하고 되묻기까지 했다. 그러자 그는 "왜 안 돼?" 하고 의아하다는 듯 대답했다. 그 순간 그의 말에서 어떤 긍정의 힘이 전해졌다. 그리고 그 힘은 몰래 숨겨두었던 마음의 문을 두드렸다.

그에 대한 호감을 아직 제대로 표현해보지도 못했다. 그도 그럴 것이 스물다섯의 나와 스물둘의 그, 동양인과 서양인, 한국 그리고 네덜란드, 직장인과 학생, 그 모든 것이 그에게 다가갈 수 없는 조건으로만 여겨졌기 때문이다. 재고 따지는 연애 따윈 나답지 않다고 자부해온 내가 어느새 불안에 쫓겨 상황을 이리저리 재고 있었다.
그런데 그가 왜 안 되느냐고 물었다.

Why not?

'그래, 안 될 게 뭐 있어! 바짝 다리에 힘을 주고 그가 전하는 긍정의 에너지를 끌어모아 현실을 만끽하는 자유로움을 가져보는 거야.'

그해 겨울, 나는 네덜란드 행 비행기에 올랐다. 얼떨결에 받은 휴가를 어떻게 보내야 할지 몰라 고민하는 내게 그가 네덜란드에 오는 것은 어떻겠냐고 제안을 한 것이다. 분명 달콤한 제안이었지만, '그래도 남자 혼자 있는 곳에 어떻게 가?' 하며 내심 수줍은 마음에 새침을 떨었다. 그러자 그는 '우리 부모님 집으로 오라는 얘기야' 하고 대답했다. 그의 말에 저녁노을보다 붉어진 얼굴을 가릴 수 있는 채팅창이 무던히도 고마웠다. 망설임도 잠시, 단 한 자리 남은 비행기 티켓을 보자 네덜란드로 향하는 마음을 제어하기가 힘들었다. 나는 계획도 목적도 없이 그가 사는 네덜란드로 향했다.

나는 그의 부모님 집에서 머물렀다. 암스테르담에서 기차로 약 한 시간 정도 떨어진 즈볼러Zwolle라는 조용한 전원도시였다. 급하게 떠나온 탓에 네덜란드에 대해 아는 것이라곤 풍차와 나막신, 히딩크가 전부였던 나는 이름도 생소한 전원도시의 고요함에 적잖이 당황했다. 하지만 덕분에 바쁘게 달려왔던 일상을 잠시나마 잊고 진정한 의미의 휴식을 찾을 수 있었다. 늦게 떠오르는 아침해를 보며 부스스 침대에서 몸을 일으켰다. 컵에 담긴 따뜻한 우유와 달콤한 스트롭와플stroopwafel_네덜란드 전통과자로 간단히 아침을 먹고, 서툰 영어로 그의 부모님과 아침 인사를 나눈 뒤 현관을 나섰다. 그의 아버지는 혹여 철모르는 동양 아가씨가 길이라도 잃을까봐 손수 집주소를 적어주셨다.

맑은 공기와 알싸한 겨울바람이 코끝을 스치고, 섬세한 바이올린 선율을 배경음악 삼아 걷기 시작했다. 마치 삽화에서 튀어나온 듯 펼쳐지는 그림 같은 풍경은 내딛는 걸음걸음마다에 평온함을 안겨주었다. 안데르센의 동화에나 나올 법한 백조들이 노니는 호숫가에 퐁당퐁당 돌을 던지고, 공명하는 음악에 전율하며 나는 행복에 젖어들었다. 지금까지 내 삶에서는 한 방울도 허락되지 않았던 여유였다. 나는 맘속으로 기도했다. 부디 앞으로도 내 삶에도 이런 여유가 주어지기를, 욕심이 날 만큼 행복한 일상을 누릴 수 있기를.

고마움

참 바라는 게 많은 세상이다.

마음과 마음을 주고받는 일은 세상 물정 모르는 사람들이나 하는 일이라며

이것저것 조건을 쏟아내는 사람들 이야기에 씁쓸했던 적이 있다.

결혼을 앞두고 있어서 더 그랬는지도 모르겠다.

사랑이 거래가 되고 마음이 물질이 되어버린 현실 속에서

사람들은 서로에게 상처를 주고 방황하기 쉽다.

세상의 흔하디흔한 결혼에 대한 조언이 그래도 의미 있는 까닭은

관습과 타성에 젖어 사는 동안 잊고 있었던

사랑이라는 뜨거운 가슴에 몇 마디 말로 다시금

불을 지펴줄 수 있기 때문이다.

사랑을 해보니 깨닫는다.

사람들은 평생을 나란히 할 어깨를 찾아 많은 시간을 보낸다는 것을.

복잡한 현실에 부딪혀 시행착오를 겪을지라도

마침내 찾아낸 그 사랑은 변함없이 맑다.

함께 같은 곳을 바라볼 사람을 만나는 이 우연한 행복을

나는 아름다운 은혜라고 부른다.

조건 없는 사랑이 내준 행운.

이 한없는 은총에 무엇을 더 바랄 수 있을까.

내 옆에 앉은 동반자에게 고마움을 듬뿍 담아

미소를 지을 수밖에.

마음에 품은 행복을 온몸으로 느끼는 수밖에.

사랑은 그렇게 시작되었습니다

우리가 처음 만난 이탈리아 시골 마을 몬차.

아담한 호텔 어딘가에 머물고 있었던 당신과 나.

처음엔 그저 스쳐가는 짧은 인연이라고만 여겼어요.

혹시나 나를 찾는 당신을 만나지 않을까

두근대는 설렘에 어쩔 줄 몰라 하며

낡고 좁은 엘리베이터에서조차 당신의 그림자를 좇기도 했지요.

오스트리아 여제가 휴가를 즐겼다던 그곳에서

로맨스를 꿈꾸던 나는

안녕도 고하지 못하고 당신과 이별해야 했지만

어느 날 당신이 보낸 글귀에서 서로의 마음을 읽고

날아오를 듯 행복했습니다.

그것은 아마도 사랑이겠죠.

당신과 나.

우리의 사랑은 그렇게 시작되었습니다.

세상에서
가장 달콤한
프로포즈

약속, 프러포즈

수많은 촛불에 둘러싸인 방에서 그가 내 약지를 꼭 감싸며 했던 말, 나랑 결혼하자.

앞으로 다가올 미래를 함께하자는 그의 달콤한 제안에 나는 '예스'라고 외쳤다. 아무런 조건 없이 오직 사랑으로 맺은 약속. 나는 어렵게 찾은 진짜 마음이, 이 사랑이 너무나 감사했다.

사랑이란 서로의 미세한 감정변화에 온몸과 정신을 집중시키는 것이다. 그런 탓에 진짜 사랑을 경험한 사람이라면 누구나 지독한 후유증을 앓게 된다. 한 번도 사랑하지 않은 것처럼 서로를 좇던 우리의 연애 역시 뜨거웠다. 물리적인 거리에서 비롯한 어쩔 수 없는 간격은 서로에게 더 많은 집중력을 요구했기 때문이다. 때론 섣부른 접근이 화가 되기도 하고 아차 하는 순간 늘어진 간격이 탄력을 잃고 멀어지기도 하는 사랑의 속성을 너무도 잘 알고 있었기에 우리는 더욱 노력했다. 어렵게 용기 낸 서로의 마음에 상처 내지 않기 위해 가장 필요했던 건 '신뢰'였다. 굳건한 사랑은 신뢰에서 출발하므로. 그것이 원거리 연애라면 더더욱. 암스테르담과 서울, 여덟 시간의 시차 속에서 살아가는 우리 두 사람이 서로를 옭아맨다고 매어질 것도 아닌데, 애꿎은 일에 힘을 빼고 싶지는 않았다. 변하지 않을 거라는 확신을 강요하지는 않지만, 처음부터 변할 것이라고 예상하고 시작하는 관계도 없지 않은가. 그저 매 순간 최선을 다하면 된다고 생각했다. 그 매일의 믿음과 마음이 겹겹이 쌓이면 최고의 사랑을 이루는 일도 어렵지 않으리라.

신뢰는 노력의 결과물이다. 시간이 날 때마다 우리는 서로를 연결해주는 웹캠 앞에 앉았다. 수없이 문자를 주고받았고, 그날그날의 일상을 최대한 구체적으로 공유했다. 나라면 가볍게 흘려보낼 법한 이야기도 그는 세심하게 내게 설명하고 이야기해주었다. 오늘 만난 친구의 머리색, 표정과 옷차림까지, 마치 내가 그의 옆에서 상대를 보고 있다는 착각이 들 정도로 자세히 말이다.

그리움이 목까지 차오를 때면 서로를 향해 날아가 짧은 며칠을 함께 보내기도 했다. 점점 깊어가는 마음을 달래기엔 턱없이 부족한 시간들이었다. 뜨겁게 달아오른 감정 뒤에 찾아오는 헤어짐에는 도무지 익숙해지지가 않았다. 시간을 멈추고 싶었다. 하지만 나는 안다. 힘들었던 시간의 편린이 쌓여 우리의 사랑에 더해지리라는 것을. 모든 것이 추억의 한 장으로 새겨져 또 다른 미래를 밝혀주리라는 것을. 우리는 그렇게 나란히 같은 곳을 바라보며 함께할 미래를 약속했다.

주고 또 주기
Give & Give

사랑이라는 감정을 어떻게 계산할 수 있을까요.

사람의 마음이 그리 간단히 더하고 뺄 수 있는 거라면

사람 사이의 관계가 어렵다는 이들의 푸념도 사라지겠죠.

마음을 가지고 거래를 하는 건

어쩌면 스스로 세상을 더욱 차갑게 만드는 건 아닐까요.

그러니까 우리 조금만 더 따스해져요.

사랑은 Give & Take가 아니라

서로에게 아낌없이 주는 Give & Give니까요.

결혼식의 주인공

수많은 사람들이 성탄절을 맞아 분주하게 거리를 오갈 때, 나는 결혼식 준비로 눈코 뜰 새 없이 바빴다. 크리스마스이브에 결혼이라니, 겨울의 신부가 되다니. 어릴 적 꿈꿨던 동화 같은 결혼식이 현실이 된다는 설렘에 온몸이 저릿저릿했다. 크리스마스로 들뜬 유럽의 겨울을 그와 내가 독차지한 기분이었다. 행복이라는 공기는 영원히 우리 곁에 머물 것만 같았다.

하지만 주인공이 되기 위해서는 그만큼 준비와 책임이 뒤따르는 법. 영화에서나 봤던 외국의 결혼 준비는 어느 것 하나 간단히 넘길 수 있는 게 없었다. 선택과 결정은 온전히 그와 나의 몫이었다. 소위 '스 · 드 · 메스튜디오, 드레스, 메이크업'라 불리는 한국식 결혼 문화와 달리 네덜란드에서는 업체에서 정한 옵션 따위는 기대할 수도 없다. 모든 준비는 각 분야의 전문가와 미리 약속을 잡고 오랜 시간

이야기를 나누며 신중하게 결정을 내려야 한다. 처음엔 그마저도 신선하고 즐거웠다. 그런데 그 나라 문화에 적응할 시간이 부족했던 탓인지 어느 순간 나는 낯선 곳에 불시착한 이방인처럼 모든 것이 버겁게 느껴졌다.

하객을 선정하는 일만 해도 그랬다. 네덜란드에서는 통상적으로 시청에서 결혼하는 경우가 많아, 소박한 웨딩의 특성상 하객 수는 최대 50~60명을 넘지 않는다. 여기에 예식 후 열리는 피로연에는 30여 명의 정예 인원을 다시 추려야 한다. 다행히 나는 한국에서 오는 가족 외에 따로 초대할 사람이 없으니 고민할 일도 없었지만, 친구들 얼굴을 하나하나 떠올리며 고민하는 그의 모습은 몹시 힘들어 보였다. 가장 놀랐던 것은 어머님이 초대하고 싶은 친구들 목록을 그에게 전달했을 때다. 열 명도 채 안 되는 소박한 인원이었음에도 불구하고 야속한 아들의 눈은 몇몇 이름들 위에서 멈춰섰고, "이분은 나를 잘 모르시잖아요"라며 거절 의사를 분명히 했다. 아들의 말에 "그렇긴 하지. 그럼 파티는 말고 식장에만 초대하는 걸로 하자"라며 순순히 아들의 의견을 받아들이는 어머님의 반응에 불편해진 건 오히려 나였다. 아들의 결혼식을 알리고 사람들을 대접하고 싶은 부모님의 마음도 몰라주는 아들이라니. 복잡해

진 심경으로 이내 말이 없어지자 그가 의아한 얼굴로 괜찮은지 물었다. 나는 그에게 나는 한국의 결혼 문화에 대해 조근조근 설명하기 시작했다. 그리고 이것이 문화 차이인지 생각의 차이인지 혼란스럽다는 말도 덧붙였다. 꽤나 진지하게 내 말을 듣고 있던 어머니와 아들은 이내 웃음을 터뜨렸다. 그리고 어머님이 내게 말했다.

"너희 둘의 결혼식이잖니!"

비슷한 일은 또 있었다. 웨딩케이크를 주문하러 상점에 들렀을 때의 일이다. 결혼식 준비로 왔다는 말이 끝나기가 무섭게 자신의 결혼식인 양 상기된 표정으로 축하 인사와 악수를 건네는 파티시에의 친절함에 마음이 말랑말랑해진 우리는 안내 책자를 보며 주문할 케이크를 살폈다. '이 중에서 하나를 고르면 되겠지' 하는 생각으로 그중 가장 마음에 드는 케이크를 하나 선택한 나는 웬일로 일이 빨리 끝나나 싶어 내심 쾌재를 부르고 있었다. 그러나 아니나 다를까. 그것은 내 안일한 착각이었을 뿐 그때부터가 시작이었다. 당도는 어느 정도로 할 것인지, 전체적인 케이크 분위기며 슈가 아이싱에 올라갈 장식의 모양, 토핑의 세부적인 종류와 케이크 위에 올라갈 신랑신부 인형까지, 결정에 결정을 거듭해야 했던 것이다. 신경 쓸 게 너무 많아 급격하게 피로를 느끼기 시작한 나는 "전문가가 더 잘 알지 않겠어요? 좋은 방향으로 예쁘게 만들어주세요" 하고 말했다. 그러자 내 말을 들은 파티시에는 도무지 이해할 수 없다는 표정으로 말했다.

"네 웨딩이잖아!"

그랬다. 그와 나의 결혼식이었다. 결정과 선택의 몫은 고스란히 우리 둘의 것이었다. 결혼식 준비를 하면서 설레야 할 사람도 가장 행복해야 할 사람도 우리였다. 그날을 위해 계속되는 선택과 고민이 버겁다고 말하는 내가 이해할 수 없다던 이곳 사람들의 말에서 나는 비로소 깨달을 수 있었다.

함께 쌓아가는 추억에 더해지는 행복의 무게를, 서로를 받쳐주는 우리라는 이름의 새로운 시작을……

12월 24일

금방이라도 눈이 쏟아질 듯 무겁게 내려앉은 회색 하늘, 유리창 틈새로 스며드는 겨울 냄새, 아직 채 눈을 뜨지 않은 고즈넉한 전원도시에 아침이 찾아왔다. 지금까지는 평범한 크리스마스이브였던 12월 24일이 우리만의 특별한 기념일로 바뀌는 순간이다. 그날, 감격에 젖은 나는 아침에 눈을 뜨는 평범한 일상부터 세세한 것 하나까지 놓치지 않으려고 온 신경을 기울였다.

크리스마스 시즌이 다가오는 것만으로도 들뜬 감정을 숨기지 못하는 나인데, 이 기쁨과 흥분을 어찌 다 말로 표현할 수 있을까. 하늘을 날아다니는 기분이 이런 것일까. 분주하게 복도를 오가며 한국에서 온 가족들과 시댁 식구들에게 아침 인사를 하고, 시청으로 향하는 순간부터 결혼식 이후 웨딩파티가 이어지던 깊은 밤까지 나는 끊임없이 설레었다.

어머님이 내준 안방의 커다란 거울 앞에서 뽀얗게 분을 바르고 웨딩드레스로 갈아입는 동안 내 얼굴은 행복으로 상기되어 볼터치가 따로 필요 없을 정도였다. 그리고 웨딩카로 예약한 흰색 구제 롤스로이스가 집 앞에 들어왔을 때의 그 감격이란. 더욱이 우리의 결혼식이 열릴 시청 홀은 35년 전 시부모님이 하나가 되기로 약속한 바로 그 장소였기에 더욱 특별했다.

하객들 사이를 지나 주체할 수 없이 떨리는 마음으로 한 걸음 한 걸음 나아가던 그와 나. 그렇게 우리는 서로의 옆에 섰다. 며칠을 고심하며 직접 고른 음악이 잔잔하게 홀에 울려퍼지고 시청 소속 주례 담당관의 주례가 이어졌다. 그녀의 주례사는 우리가 어떻게 만났고 어떻게 사랑을 키워왔는지에 대한 한 편의 러브스토리였다.

사실 결혼식을 몇 주 앞두고 우리는 시청 주례 담당관과 만나 오랜 시간 이야기를 나누었다. 두 시간에 걸친 면담 시간 동안 그녀는 우리의 이야기를 노트에 꼼꼼히 적었다. 당시에는 그녀가 뭘 그렇게 적는 걸까 의아하기도 했지만, 그녀의 주례사는 국제결혼의 배경을 궁금해하던 하객들의 궁금증을 단번에 해결해줄 만큼 멋지고 감동적이었다. 다른 사람의 입을 통해 흐르는 우리의 이야기가 영화의 필름처럼 머릿속에 그려졌다. "나에게 그였기에, 그에게 나였

기에 결혼을 결심했다"던 대목에선 나도 모르게 눈가가 붉어지고 목이 메었다.

"여기 모인 우리는 모두 다른 문화와 언어를 가진 사람들입니다. 하지만 사랑의 언어는 어디에서나 통용되죠. 오늘 이곳에 모인 사람들이 서로 모든 이야기를 공유하는 것은 불가능할지 모르지만, 지금 우리는 이 두 사람의 사랑을 느낄 수 있고, 그것이 오늘의 가장 중요한 언어입니다. 축하합니다. 그리고 축복합니다. 오늘보다 더 행복한 매일을 사십시오."

그녀의 축복처럼 우리는 매일 행복한 추억을 새기며 살아가고 있다. 사랑으로 소통하고 함께 미래를 설계하며 우리는 그렇게 결혼생활의 첫발을 떼었다.

실을 길게 꿰던 딸

어린 시절, 바느질을 할 때면,

중간에 다시 실을 꿰는 일이 없도록

한 번에 최대한 길게 실을 꿰었다.

그럴 때마다 엄마는

"얼마나 시집을 멀리 가려고 그렇게 실을 길게 꿰니?"

하고 말하곤 했다.

지금 생각해보면 옛말이 틀린 게 하나 없는 것 같다.

결국 지구 반 바퀴를 돌아

이름조차 생소한 나라에 시집을 왔으니 말이다.

비행기만 꼬박 열한 시간이 걸리는 이국땅에서

살겠다는 말에 부모님은 쌍수 들어 환영하지는 않았지만,

다행히 큰 반대도 없었다.

"네가 행복하다면 무엇이 문제겠니."

엄마의 말에 마음속 깊이 책임감을 느꼈다.

끝까지 행복해야 한다는 선택에 대한 강한 책임감.

연애가 아닌 결혼 앞에서

나는 찬찬히 현실을 돌아보았다.

꼭 필요한 과정이었다.

물론 그의 경제력이나 조건을 살폈던 것은 아니다.

내 감정을 다시 한 번 깊이 들여다보고,

서로의 마음을 바탕으로 미래를 그려보는 것.

그리고 무엇보다 그와 내가 우리의 관계를 위해

평생 노력할 수 있는 사람들인지에 대한 확신이 필요했다.

결혼 6년 차인 지금도

우리는 매일 행복한 삶을 살기 위해 노력하고 있다.

실을 길게 꿰더니 결국 멀리 시집가버린 딸의 행복을 비는 부모님께

보여드릴 수 있는 최소한의 효도라고 여기면서.

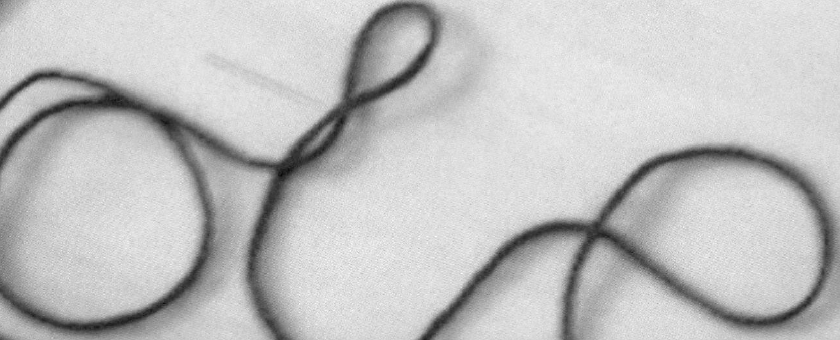

스물일곱에 결혼하고 싶었던 여자

"스물일곱에 결혼할 거야."

학교를 졸업하고 몇 년은 일에 매진하고,

서른을 넘기기 전, 결혼하기에 딱 적당한 시기라 여겼다.

그리고 스물다섯이 저물어갈 무렵 그가 내 마음에 들어왔다.

모든 것이 불확실했다.

익히 들었던 외국인과의 깃털같이 가벼운 연애.

그 주인공이 될까봐 불안했고 스물둘이라는 풋사과 같은 나이의

그가 나를 진지하게 생각해줄지도 알 수 없었다.

스물일곱에 결혼하려면(참 고집스런 꿈이다)

지금부터 진지한 교제를 시작해야 하는데,

그와의 연애에서 결혼은 불가능해 보였다. 길게 또 깊이 고민했다.

주변의 반응은 부정적이었다. 후회할 거라는 직언도 가슴을 후볐다.

수없이 묻고, 수없이 들은 애정 어린 조언들은 내 선택에 크게

영향을 주지 못했다. 결국 방법은 하나뿐이었다.

스스로 질문하고 답을 구하는 것. 어떻게 해야 할지 가장 잘 아는

사람도, 결정을 내릴 사람도 그리고 그 결정에 책임을 질 사람도

결국 나였다.

자신에게 솔직해지는 것.

정직하게 내 마음을 들여다본다는 것은 결코 쉬운 일이 아니었다.

어렵게 내린 결정이었지만 주변의 시선에 떳떳해지기까지는

시간이 걸렸다.

하지만 그를 향해 내달리던 마음의 속도는 두려움을 지나쳤다.

후회가 두렵지 않았고 뒤돌아볼 틈도 없었다.

숨차게 달려갈 길이 있다는 것 자체가 기쁘고 감사할 따름이었다.

그런 나를 친구들은 용감하다고 했다.

스물다섯, 그 이름만으로도 가슴 벅찬 청춘에

지독히 몰두할 수 있는 누군가를 만나 나는 용감해졌다.

처음에 꺼내들었던 커다란 자는 더 이상 재고 따질 대상을

찾지 못하고 서랍 속으로 들어갔다.

이성이 치열해지기 전에 사랑에 목이 탄 감성이 온몸을 메웠다.

사랑이었다.

스물일곱, 기적처럼 우리는 크리스마스이브에 부부가 되었다.

c h a p t e r . 2

결 혼 하 고 연 애 시 작

우리가 멀리 있을지라도

"나는 네덜란드Netherlands와 네버랜드Neverland가 항상 헷갈려요.

한글은 괜찮은데 영어로 써놓으면 둘을 바꿔 부를 때가 많아요.

하지만 네덜란드는 풍차와 튤립, 플란다스의 개가 사는 곳이니까

네버랜드라고 해도 좋을 것 같아요.

동화 속 세상 네덜란드.

그곳에서 당신도 영원히 변치 않을 행복을 찾길 바라요."

_떠나는 길에 내 손에 쥐여준 벗의 편지에서

IN

E A L

IFE

4
Arrivals
Aankomst
Passengers may also exit via Arrivals 3.
Reizigers kunnen ook arriveren via
Aankomst 3.

✈

네덜란드

공항 : 네덜란드에서 시작 _ 공항 출입국 현황판이 Landing에서 Landed로, 또 Arrived로 바뀌는 순간의 짜릿함은 누군가를 간절히 기다려본 사람만이 알 수 있는 전율이다. 입국장 문을 사이에 두고 문이 열릴 때마다 서로의 모습을 찾아 기웃대는 사람의 눈에는 진한 그리움이 묻어난다.

시간이 날 때마다 그가 있는 곳으로 혹은 내가 있는 곳으로 서로의 공간을 드나들며 다시 시작된 우리의 장거리 연애는 공항을 배경으로 한 한 편의 드라마였다. 애달픈 만남과 헤어짐의 반복에서 공항은 우리가 반드시 거쳐야 하는 곳이었기 때문이다. 그 때문에 나는 그를 향한 그리움에 견디기 힘들 때면 공항으로 달려가 날아가는 비행기를 한참 동안 바라보기도 했다. 그럴 때면 당장이라도 그가 입국장에서 달려나올 것만 같은 착각에 사람들 사이에 섞여 입국장을 서성이곤 했다.
그런데 남편도 다르지 않았던 모양이다. 수업이 없는 날이면 암스테르담에서 기차로 10분이면 닿는 스히폴Schiphol 공항에 출근 도장을 찍다시피 했다고 하니까. 우리에게 공항은 그리움의 기억이다. 이제는 더 이상 공항에서 아쉬운 이별을 고하는 일은 없겠지만, 맞잡은 두 손에서 서로의 온기를 느끼며 나아가는 오늘을 감사하며 앞으로도 함께할 수 있기를 기도한다.

그땐 미처 몰랐지 _ 때론 감당하기 어려운 버거움으로 다가오는 타향살이. 고향을 떠나서 사는 사람이라면 누구나 안고 사는 마음의 짐이 있다. 유학이나 해외 파견과는 다르다. 삶의 터전을 바꾼다는 것은 상상 이상으로 만만치 않은 일이었다.
가족들이 사는 한국에 안녕을 고하고, 이제는 네덜란드가 내 집이라고 말할 때의 묘한 느낌을 뭐라고 표현해야 좋을까. 남편을 따라 네덜란드에 온 이야기를 하면 주변 사람들은 긴 호흡을 내쉬며 좋.겠.다, 라고 감탄사를 내뱉곤 한다. 당시에는 그런 말을 들으면 설레고 흥분됐고 조금은 우쭐해하기도 했다. 그만큼 무지했다. 열한 시간 동안의 비행은 금세 익숙해지지만, 한국과 네덜란드 사이의 거리는 좀체 좁혀지지 않았다. 하루에도 몇 번씩 찾아오는 가족에 대한 그리움은 내게 처음으로 타향살이에 대한 두려움을 안겨주었다. 스스로 벽을 쳐 약자가 되어버리자, 누군가 생각 없이 던진 말에 서러움이 복받쳤고, 한국의 가족이 아프다는 소식에도 속수무책일 수밖에 없어 전화기를 붙들고 하염없이 눈물만 흘렸다. 타향살이의 무게를 서서히 깨달아가던 시점이었다.

습기를 가득 머금은 네덜란드의 낮은 하늘이 내겐 한없이 무거웠고, 두려움에 가득 찬 두 눈으로 유럽의 작은 나라에서 남편의 손을 절대로 놓지 않으려 안간힘을 썼다.

가끔은 두렵다

신호등이 없는 지금의 삶이 가끔은 두렵다.
빨간불이 켜진 지는 오래인데
모르고 지나친 건 아닌지,
애써 못 본 척하려는 건지.
신호등 없는 오늘을 산다는 건
자유롭지만 때론 과거의 굴레가 그리워지기도 하는 것이다.
진정한 자유란 스스로 선택한 울타리 안에서
여유를 가지고 살아가는 것이 아닐까.
하고 싶은 대로 다 하고 산다고 푸념하던 엄마의 말이
오늘따라 마음 깊숙이 와 박힌다.

나라는 이름으로

3개월, 내가 그와 함께 있을 수 있는 체류허가 기간. 우리는 부부가 되었지만 3개월이 지나면 헤어져야 했다. 네덜란드에서는 일정 금액 이상의 연봉과 안정된 직장이 없는 경우에는 부부라 할지라도 외국인 배우자에게 비자를 발급하지 않는다. 따라서 우리는 이 체류허가 기간 안에 합법적으로 머물 수 있는 장치를 마련해야만 했다.

애초에 계획했던 대로 네덜란드 내 외국기업 혹은 한국기업에 닥치는 대로 인터뷰를 보러 다녔다. 몇몇 회사에서는 긍정적인 피드백을 받기도 했지만 노동허가를 받는 복잡한 절차에 부딪혀 몇 번이나 부풀었던 마음이 훅 하고 꺼지곤 했다. 부부로서 그저 함께 있고 싶을 뿐인데, 우리 사이에는 여전히 넘어야 할 산이 많았다.

신혼의 단꿈과 쓰디쓴 현실을 함께 맛보는 혼돈 속에서 나를 가장 힘들게 했던 건 여전히 놓지 못한 내 자존심이었다. 모든 상황을 알고도 시작한 결혼의 결과가 '예상했던 실수'로 비칠까봐 조바심이 났다. 그럴 수는 없다고 고개를 저으며 어금니를 꽉 깨물고 날 선 겨울바람 사이를 무던히도 헤매고 다녔다. 그러던 중 이름만 대면 알 만한 한국기업에서 인터뷰 날짜를 잡자는 연락을 받았다. 또 다시 실낱 같은 희망이 엿보이는 듯했다.

바짝 긴장해 떨리는 몸을 추위 탓이라 여기며 면접을 보러 갔다. 그리고 인터뷰 자리에서 나는 비로소 내가 자리한 현실과 끈질기게 붙잡고 있던 자존심의 바닥을 들여다보게 되었다.

"그래서, 남편이 좋아서 오셨어요? 네덜란드어를 못하면 큰일이네요. 언어 능력은 일곱 살이면 멈춘다고 하던데."

대꾸할 말이 생각나지 않았다. 머릿속이 하얘졌다. 네덜란드 사람이 아닌 나와 같은 한국 사람에게서 이유 모를 비아냥거림이 섞인 말을 들으니 내 알량한 자존심에 상처가 났다. 인터뷰 내내 변변한 대답 하나 하지 못하고 회사를 나왔다. 면접관의 질문이 머릿속을, 가슴속을 맴돌았다.

수치스러운 건 둘째였고, 자존심을 후벼 파는 질문에 "아뇨, 제 인생을 만들러 왔어요" 하고 당당히 반박하지 못한 나 자신에게 화가 났다. 눈물도 나지 않을 만큼 충격적이었다. 그날의 인터뷰 이후

걷잡을 수 없는 무기력에 빠져 제자리에 멈춰버렸다. 견딜 수 없는 공간의 정적을 텔레비전 소리에 의지해 이겨내고자 했다. 자포자기한 마음은 3개월이라는 한정된 시간 앞에서 간절함마저 잃게 했다. 그래도 그에게만은 웃음을 지어 보였다. 어린 나이에 짊어진 가장이라는 책임감에 무게를 더하고 싶지 않았고, 이 정도밖에 안 되는 내 모습을 들키고 싶지 않았다. 자존심은 여전히 고개를 빳빳이 들고 있었다.

그러다 문득 텔레비전에서 흘러나오는 콜라 할인 소식에 별 생각 없이 옷을 입고 터덜터덜 집을 나섰다. 집에서 조금 떨어진 곳에 위치한 슈퍼마켓에서 파격 행사 중인 1.5리터짜리 콜라 열두 병을 계산하고 밖으로 나왔다. 돌이켜보면 그 당시 나의 사고 능력에 이상이 왔던 것도 같다. 제대로 상황을 읽을 줄 아는 사람이라면 미련하게 열두 병이나 되는 콜라를 맨손으로 들고 나올 생각을 하지 않았을 테니까. 몇 발짝 걷지 않아 가늘게 이어진 플라스틱 손잡이가 이내 손바닥을 파고들었다. 더 이상은 감당할 자신이 없어 남의 집 대문 앞에 콜라를 내려놓고 주저앉았다. 이것조차도 내 마음대로 할 수 없구나. 서글픈 마음에 고개가 절로 수그러졌다. 그 순간 하염없이 눈물이 쏟아졌다. 잼 뚜껑을 열지 못해 눈물을 쏟던 어느

드라마 여주인공의 모습이 지금의 나와 겹쳐졌다. 그녀의 손에 들린 잼 뚜껑도, 지금 내 손을 아프게 하는 열두 병의 콜라병도 쓰디쓴 좌절의 상징처럼 느껴졌다. 이러자고 용기를 내 네덜란드까지 온 것이 아니었다. 그와 함께라면 보다 나은 미래를 만들 수 있으리라 확신하고 내린 결정이었는데 시작부터 두려움과 열패감에 빠져버렸다. 고장 난 수도꼭지처럼 한번 터진 눈물샘은 쉽사리 마르지 않았다. 나는 주변 시선에도 아랑곳하지 않고 길에서 통곡하며 울었다. 온 힘을 다해, 온 마음을 다해.

눈물자욱을 훑고 가는 찬바람에 얼굴이 따끔거릴 즈음에야 겨우 눈물이 그쳤다. 그래도 한바탕 울고 나니 속은 한결 시원해졌다. 울 수 있어 다행이라 생각했던 건 그때가 처음이었다. 그렇게 감정을 쏟고 나자 우습게도 옆에 놓인 열두 병의 콜라를 들고 집에 갈 일이 걱정되기 시작했다.

그때 할아버지 한 분이 내게 다가왔다. 몸이 불편해서 걸음도 잘 떼지 못하고 말도 제대로 알아듣기가 힘들 정도로 노쇠한 할아버지였다. 할아버지는 나를 잠시 쳐다보더니 이내 품에서 무언가를 주섬주섬 꺼냈다. 페이퍼타월이었다. 할아버지는 도톰한 페이퍼타월을 플라스틱 끈 하나하나에 잘 싸매주고는 발갛게 부어오른 내

손을 꼭 잡아주었다. 따스히 눈을 맞추고 어깨를 몇 번인가 토닥여 준 할아버지는 조용히 자신이 가던 길로 발길을 돌렸다. 순식간에 일어난 일이었다. 말이 아닌 눈으로 건넨 위로의 한마디.

'네 맘 알아.'

그의 위로가 폭풍처럼 마음을 흔들었다. 그토록 잔잔하고 조용한 위로를 받아본 적이 없었다. 감사함에 다시 찔끔찔끔 새어나오는 눈물을 훔치며 콜라병을 다시 들었을 땐 더 이상 플라스틱 끈이 손바닥을 파고드는 게 아프지 않았다.

남편이 학교에서 돌아왔다. 아무 일도 없었던 듯이 함께 웃으며 저녁을 먹고, 할 말이 있다고 운을 떼었다. 식사 후 따뜻한 차를 한 잔씩 손에 들고 그동안 담아두었던 고민과 무거웠던 짐을 모두 털어냈다. 자존심 같은 건 없었다. 자신의 상황을 정직하게 알려야 새로운 삶을 만들어 가는 데 도움이 될 것이라고 판단했다. 두 사람이 어느 한쪽으로 치우치지 않고, 제대로 섰을 때 우리가 함께 걸어나갈 수 있다고 믿었다. 모든 이야기를 듣고 그는 눈물을 보였다.

"할아버지가 둘러주신 휴지 때문에 아프지 않았다고 했지? 그게 가족이야. 무게는 변하지 않을지라도 손을 덜 아프게 해줄 수 있는 것. 할아버지의 휴지가 바로 나라고. 그래서 우린 결혼을 하고 가족이 된 건데 너는 나를 휴지조각 정도로도 생각하지 않은 것 같아."

또 말문이 막혔다. 그에게 한없이 미안했다. 내가 자신과의 싸움에서 버티는 동안 그의 존재를 잠시 배제했던 것이 사실이었다. 말없이 그의 손을 잡고 할아버지가 그랬던 것처럼 그를 향한 미안함에 위로와 사과를 전했다. 그리고 그가 말했다.

"스스로 서야 해. 내가 도울게."

살아오면서 나는 참 많은 감투와 배경에 둘러싸여 있었다. 그것이 나인 양 그렇게 살았다. 부모님의 경제력, 졸업한 학교, 남부럽지 않은 직장, 하다못해 살던 동네까지도 나를 대변해주는 어떤 것이었다. 생각해보면 네덜란드에서의 3개월은 그 모든 것에서 떨어져 나와 나라는 이름으로 바로 서는 외롭고도 고통스러운 과정이었다.

좌절했고 그만큼 아팠지만, 그로 인해 내 손을 감싸고 무게를 나눠질 든든한 지원군을 얻지 않았는가. 나는 그제야 나를 둘러싼 배경을 벗고 온전히 나라는 이름으로 설 수 있었다.

결핍

결핍에서 오는 간절함은

풍족한 상태에선 보이지 않는 보물이다.

어둠 속을 지나칠 때 만났던 햇빛 한 조각,

그 찬란한 선물에 눈이 부셔 눈물이 난다.

감사해요, 할아버지.

고마워요, 내 평생의 동반자 프랑크,

나의 남편.

한국

다시 한국으로 _ 3개월의 체류허가 기간이 끝나고 나는 다시 한국으로 돌아가기로 결정했다. 함께하기 위해서는 준비해야 할 것이 너무 많았기 때문이다. 상처 입은 자존감도 다시금 잘 자라도록 돌봐야 했고, 새로운 언어를 배우는 일도 시급했다. 시간이 필요했다. 그리고 그 같은 결정에 누구보다 지지해준 그가 있어 고맙고 든든했다.

그렇게 우리의 장거리 연애는 시작되었다. 눈물이 날 법도 했지만, 우리는 웃으며 결혼하고 연애 시작한다고 농담처럼 얘기했다.

서울과 암스테르담의 거리는 8,500킬로미터로 지구 반 바퀴 거리다. '함께 있되 거리를 두어 그 사이에 바람이 춤추게 하라'던 칼릴 지브란의 글귀를 마음에 새겼다. 우리는 함께 있을 수는 없었지만 각자의 공간 속에서 사랑이라는 이름으로 하나가 되기로 다짐했다.

바람의 춤사위는 우리들의 간격을 더욱 견고하고 아름답게 했다. 6개월마다 서로의 나라를 오가며 이해의 폭도 넓어졌다. 여름에는 그가 네덜란드에서 날아와 한국의 뜨거운 문화를 느끼는 시간이었고, 겨울에는 내가 그의 나라로 날아가 네덜란드의 문화를 익혔다. 애틋한 순간의 소중함을 절절히 느끼며 작은 일에도 감사할 수 있는 풍성한 마음도 얻었다. 무엇보다 우리는 서로를 향한 마음을 확인하며 더욱 깊은 사랑을 키워나갔다.

암스테르담에서 온 편지 _ 사랑에 눈이 멀면 계절이 아름다워 보인다던 누군가의 말처럼 우리의 사계절은 끝없이 아름다웠다. 계절이 수차례 바뀌는 긴 시간 동안 나무처럼 한결같이 그 자리를 지켜주는 그가 있어 가능했고, 변치 않는 마음이 있기에 그러했다.

시아주버니의 결혼 소식을 접한 것은 그 무렵의 일이다. 6년간 키워온 사랑의 결실을 맺는다는 반가운 편지에 나는 내 일인 양 기쁨이 솟았다. 그리고 편지 봉투에는 암스테르담 행 티켓이 동봉되어 있었다. 가족으로서 내가 꼭 결혼식에 참석하기를 희망한다는 메시지와 함께.

암스테르담. 이 다섯 글자에 또 가슴은 미친 듯이 뛰었다. 반복되

는 일상처럼 자연스럽게 짐을 꾸리고, 다시 그곳에 섰다. 반가움에 눈물이 그렁그렁 맺혔다. 마중을 나온 남편의 얼굴을 어루만지며 재회를 기뻐했고 2년이 지난 지금도 신혼 냄새 폴폴 나는 우리의 자그마한 보금자리로 향했다. 우리 집은 늘 내가 그 자리에 있었다는 듯 자연스럽게 나를 맞아주었고, 덕분에 나는 네덜란드에서의 짧지만 소중한 일상을 다시금 시작할 수 있었다.

행복

기차역에서 그를 기다린다.

문득 그 기다림이 벅찬 감동으로 다가왔다.

내가 기다리는 사람,

나를 기다려주는 사람.

곧 다가올 따뜻한 재회,

오늘의 기다림은 행복이다.

✈

다시 네덜란드

암스테르담 _ 굵아떨어진 아저씨의 리드미컬한 콧소리와 비행에 낯선 아기들의 칭얼거림. 유난히 잠이 오지 않는 열한 시간의 비행이다. 어서 땅에 두 발을 딛고 그를 향해 달려가고 싶은 조급함에 잠마저 멀리 도망을 간 모양이다. 지루한 비행을 마치고, 스히폴 공항에 내리자 부끄럽지도 않은지, 젖소 코스튬 분장을 한 그가 내게 환한 미소를 지어 보인다.

음매 하고 울어줄 것 같은 그와 함께 웃음을 나누며 집으로 돌아오자 어머님의 따뜻한 손으로 쓴 편지가 나를 반겼다. 편지에는 긴장한 내 마음을 읽기라도 한 듯 다정한 메시지가 담겨 있었다.

나의 딸,

따스한 마음이 머무는 곳은 이곳도 저곳도 모두 너의 집이 아닐까 생각해.

다시 네덜란드에 온 것을 환영한다. 곧 만나자. _mama

온기가 깃든 마음이 머무는 두 집을 가진 나는 지금 네덜란드에 서 있다.

드디어 함께 _ 네덜란드의 하루하루는 들뜬 나날의 연속이었다. 날씨 탓이었는지도 모른다. 해를 구경하기 힘든 네덜란드에서 사치스러운 일광욕까지 즐길 수 있었던 봄날이었으니까.
운명의 그날은 갑자기 찾아왔다. 아무리 생각해도 낌새조차 알아챌 수 없을 정도로 갑자기. 네덜란드에서 만난 친구와 함께 미술관 뜰에서 온몸으로 태양을 받아내던 오후였다. 이번엔 네덜란드에 며칠 머물 계획이냐는 친구의 질문에 마음이 무거워지려던 찰나, 전화벨이 울렸다.

"나 인터뷰 통과했어. 곧 계약서를 작성할 거야. 이제 떨어져 있지 않아도 돼!"

가는 이명과 함께 세상이 돌연 멈춰버린 듯했다.

"뭐라고? 다시 말해봐."

나는 재차 그의 말을 확인했다.

"너 여기서 머물러도 돼. 이제 우리는 함께야."

2년을 기다리고 기다렸던 말, 그와 함께 머물 수 있다는 허락. 너무 기쁜 나머지 영문도 모르는 친구를 몇 번이나 끌어안으며 믿기지 않는 현실이 꿈이 아님을 확인했다. 그는 직장인이 되었고, 나는 더 이상 비자 때문에 쫓기듯 네덜란드를 떠나지 않아도 되는 것이었다.

꽃샘추위가 훑고 가는 변덕스런 날씨에도 새싹은 쑥쑥 자랐고, 우리에게도 드디어 완연한 봄이 찾아왔다. 그 순간은 말이나 글로는 표현할 수 없을 만큼 감동적이었다.

네덜란드에 돌아온 지 3일 만에 접한 이 믿기지 않는 소식은 꼭 모든 일이 그렇게 되기로 정해져 있던 것처럼 자연스럽고 빠르게 진행되었다. 복잡한 서류 준비로 힘이 들 만도 했지만 세상에서 가장 즐거운 수고라 여기면서 피로를 잊었다. 그리고 마침내 여권에 임

시거주증이 붙었다.

"고맙습니다" 하고 떨리는 손으로 여권을 받아들자마자 나는 그것을 가슴에 품었다. 무엇 하나 감사하지 않은 것이 없었다. 그토록 바라던 단 하나의 소망이 이루어진 순간이었다.

드디어 그와 함께 산다.

환영

왔냐?

암스테르담 토박이 고양이가 툭 던진 말이라고.

칫, 도도하기는.

고양이 주제에 썩소가 웬 말이야.

나 엄청 무시받은 거 같아.

고작 요 고양이한테.

308

일상

수줍은 미소로 그가 내게 꽃다발을 안겨주었다.

"좋아할 것 같아서."

"오늘 무슨 날이야?"

"응, 우리가 함께 있는 날이야."

c h a p t e r. 3

그 남자와 함께 살기

"뭐해?"

침대 앞에 쪼그려 앉은 그에게 물었다.

"감동하고 있어. 당신이 이 배경에 있다는 사실에."

학생 아파트에서의 신혼 생활

한국이었다면 결혼 전에 잘 세팅해놓은 집에 몸만 쏙 들어가면 되지만, 우리의 첫 보금자리는 다섯 평이 채 안 되는 소박한 원룸에 부엌은 아홉 명의 친구들과 공동으로 사용하는 학생 아파트였다. 보글보글 찌개를 끓여 둘만의 오붓한 식사 시간을 꿈꾸기엔 다소 무리가 있었지만 그런 건 학생 남편을 둔 철부지 아내에겐 아무래도 좋았다.

그렇더라도 총각 냄새가 깊숙이 배인 살림살이를 걷어내고 산뜻하고 깔끔한 신혼 방을 만들고자 하는 꿈만은 여느 새색시 못지않았다. 내 눈에는 버려야 할 그의 물건들이 빠르게 들어왔고 수업이 끝나고 돌아온 남편에게 그의 물건을 정리해줄 것을 요청(이라기보단 명령이었다)했다. 이내 그의 얼굴이 딱딱하게 굳어졌다.

"버리는 건 쉬워. 하지만 이 중엔 아직 쓸 만한 것도 있고 나에게

의미 있는 것도 있잖아."

예상하지 못한 반응이었다. 무릇 신혼 살림은 여자가 알아서 들이는 것이 당연하다고 여기고 있던 나였다. 아기자기하게 우리의 방을 꾸밀 생각에 학생 아파트라는 조건도 쉽게 받아들였다. 침대가 들어오고 나면 다른 가구들은 넣기도 힘든 이 앙증맞은 공간을 예쁘게 만들어보겠다는데, 말 꺼내기가 무섭게 정색하는 그의 얼굴을 마주하니 섭섭함이 밀려들었다. 나는 저 멀리 있는 모국을 들먹이며 그를 설득하기 시작했다. "한국에서는……"으로 시작해서 약간은 슬픈 표정으로 동정심도 자극해 보았지만 그는 "좀 더 생각해 보자"라는 말로 대답을 대신했다.

며칠 뒤, 고민을 마친 그는 내가 원하는 대로 몇 가지 물건을 정리하기로 했다. 그의 물건이 빠진 자리는 새로운 물건들로 채웠다. 수납할 가구가 생겼으니 의기양양하게 물건을 정리할 요량으로 색이 바랜 붙박이장을 열었다. 그런데 놀랍게도 그곳에는 그가 어린 시절 마르고 닳도록 쓰다듬었을 큰 곰인형이 모습을 드러냈다. 털이 빠지다 못해 누더기옷을 걸친 채로.

"세상에, 이런 걸 아직도 가지고 있어?"

기가 막히다는 표정을 짓는 내게 그는 부끄러운 듯 미소 지으며 나

지막하게 말했다.

"내 역사니까…… 내 기록이니까."

그리 말하는 그에게 곰인형을 버리자는 말이 쉽게 나오지 않았다. 먼지가 켜켜이 쌓인 곰인형은 그의 역사였으니까. 버릴 것과 버리지 않을 것을 구분해가며 분주했던 손놀림이 잦아들었다. 가구를 처리하려고 할 때마다 허전해하던 그의 표정이 떠올랐다. 신혼 방을 꾸미려는 마음에 들떠 그의 역사와 기록을 지우려고 했다는 생각에 후회마저 밀려왔다. 차마 그의 얼굴을 마주하기 민망해 곰인형에 시선을 둔 채로 그에게 물었다.

"많이 섭섭했겠어. 짧은 시간에 너무 많은 작별을 했잖아."

"괜찮아."

그의 짧은 대답에서 나는 그의 마음을 읽을 수 있었다. 그제야 나는 그에게 그가 고이 간직해온 어린 시절 보물과 추억에 대해 물었다. 밤이 깊도록 그의 이야기는 끝나지 않았다. 그의 동화가 아직 끝나지 않은 것처럼.

미래를 함께 만들기 위해 현재를 걷고 있는 우리에게 그 시간은 굉장히 중요하고 소중한 시간이었다. 과거의 시간도 함께 나누고 이해함으로써 그 위에 새로운 추억을 쌓을 수 있다는 사실을 깨달은

XEROX
(500 x A4) x 5
LASER / COPIER /

Schleich
Schleich

것이다. 물건을 잘 버리지 못하던 남편 역시 그날 나와 어린 시절의 동화를 나누며 아련한 추억들과 기쁘게 안녕을 고할 수 있었다고 말했다.

이후, 나는 전처럼 비우고 새로 채워야 한다는 조급함을 버렸다. 시간의 의미를 덧입은 물건들이 들려주는 이야기에 푹 빠진 탓이다. 대신 그의 보물 상자 옆에 나만의 보물 상자를 따로 만들기로 했다. 언젠가 우리가 만날 아이에게 엄마, 아빠의 동화를 들려줄 마음으로. 조금씩 채워지는 보물 상자 속 추억은 달콤하기만 하다.

옷장에서 발견한 보물

옷장을 정리하다가 발견한 한 쌍의 날개.

하늘에서 내려온 천사라며 호들갑을 떨어보고,

진작 날개가 솟았더라면 한국과 네덜란드를 원 없이

오갔을 거라는 너스레에 맞장구를 치는 당신과 나.

역시 우리는 신혼이네요.

WEDDING
INVITATION
ENJOY BRINK
FRANK BRINK

이름을 부른다는 것

나는 여전히 네덜란드의 호칭 문화가 낯설다. 이곳에서는 나이, 성별, 고하를 막론하고 이름을 부르는 일이 매우 자연스럽다. 한두 살 차이가 나더라도 언니, 오빠라고 부르는 것에 익숙한 나는 이 낯선 호칭 문화가 그저 어색하기만 하다. 아무렇지도 않게 시부모님의 이름을 부르는 가족들 모습에 놀라고, 존칭은 생략한 채 이름을 부르라는 학교 선생님을 보며 그야말로 문화 충격을 받지 않을 수 없었다. 그런 탓에 처음에는 시부모님 이름을 부르는 게 어색해서 꼭 이름을 불러야 할 때가 아니면 최대한 호칭을 생략하고 이야기를 하곤 했다.

그러던 어느 날, 이런 내 행동을 눈치챈 아버님은 불편하면 그냥 엄마, 아빠로 불러도 좋다고 했다. 아버님의 호의가 얼마나 감사했는지 모른다.

"한국에서는 이름을 안 부르니? 그럼 이름이 무슨 필요가 있어?"
호기심 가득한 눈으로 쳐다보는 가족들에게 서툰 외국어로 한국의 존칭 문화를 설명하기란 생각보다 어려웠다. 무수한 관계들로 얽힌 한국의 호칭 문화를 어디서부터 설명해야 좋을지 난감하기만 했다. 아빠, 엄마, 언니, 오빠, 고모, 이모, 삼촌, 새언니, 조카 등 호칭만으로 가족 관계도를 그릴 수 있다는 설명을 덧붙여봐도 이해하기 어렵다는 표정들이다.
가족들이 서로의 이름을 부른다는 것은 어떤 의미일까? 그러고 보면 한국에 있는 부모님은 내가 태어나고부터 은주의 엄마, 은주의 아빠로 살아왔다. 아빠는 회사에서 대리, 과장, 부장 등 직급으로 불렸을 테고, 엄마는 집에서나 밖에서나 누구의 엄마로 존재했다. 그렇게 생각하니 문득 자신의 이름을 잃고 산 부모님이 안타깝게 느껴졌다.

한편 이름을 부르는 데 익숙한 네덜란드인 남편은 한국식 호칭을 유난히 좋아하는 눈치다. '여보' 하고 부를 때 나는 그 울림이 좋다며 시도 때도 없이 여보를 남발하는 바람에 뜻도 모르는 시댁 식구가 나를 '여보'라고 부르는 일도 있었다. 그 뜻을 설명했더니 남편이 나를 부르는 별명이나 애칭 정도로 생각했다고 한다.

또 '안의 해'에서 유래했다는 '아내'라는 호칭은 남편이 마음을 담아 편지를 쓸 때나 사랑이 넘치는 애교를 피울 때 아끼고 아껴서 사용하는 단어다. 평범하게 생각했던 '아내'라는 말이 이곳에서 소중하게 불리는 것은 좋지만, 나는 가끔 그에게 내 이름을 불러달라고 부탁한다. "은주야"라고 불러주는 그의 목소리를 들으면 그의 아내, 누군가의 엄마로 불리기 전, 여전히 세상에서 은주라는 한 사람으로 살아가고 있음을 확인할 수 있기 때문이다. 그리고 내 남편, 그가 불러주는 내 이름은 더욱 특별하다. 그가 내 이름을 불러주었을 때 비로소 나는 꽃이 된다.

그가 선물한 이름

엔조이[Enjoy] 혹은 은주 브링크[EunJoo, Brink].

결혼을 하면 자연스레 남편의 성을 따르는 이곳에서

남편은 성뿐만 아니라 이름도 선물해주었다.

"왜 하필 엔조이[Enjoy] 야?" 하고 묻자 대답은 의외로 간단했다.

서양인의 서툰 발음으로 은주를 발음하기가 어려워

소리가 가장 비슷한 단어를 찾아낸 것이 엔조이였다나.

"정말 간단하기도 하다."

대단한 의미를 기대하다 실망한 눈치를 보였더니

그는 얼른 사전을 들고 와 단어의 뜻을 살핀다.

enjoy [ɪn`dʒɔɪ]

– 즐기다, 향락하다, 즐겁게 하다, 좋은 것을 갖고 있다,

향유하다, 누리다

– enjoy (oneself) 즐겁게 시간을 보내다

사전의 뜻 가운데 '누리다'는 의미가 가장 마음에 와닿았다.

서로 사랑하고, 서로의 마음을 온전히 누리고,

행복을 향유하는 지금의 내게

이보다 더 어울리는 이름이 또 있을까.

젖어들다

가끔 네덜란드를 여행한 사람들의 블로그를 찾아 들어가본다. 이곳에 대해 어떤 인상을 받았는지 궁금해서인데, 그때마다 종종 우중충한 회색 하늘의 이곳 날씨에 대한 투정의 말들을 발견하곤 한다. 나 역시 날씨에 관한 불만은 그들 못지않다. 특히 하루에도 몇 번씩 오락가락하는 비는 강렬하게 내리붓는 한국의 소나기와 달리 부슬부슬 처량 맞게 흩뿌리는 게 고작이다. 게다가 겨울에는 해가 어찌나 빨리 자취를 감추는지, 우기가 겹치는 나날들이 계속되면 태양마저 삼켜버린 잿빛 하늘이 더욱 얄밉다.

오늘도 비가 내릴 모양이다. 무심코 창밖에 시선을 던지니 빗방울이 유리창을 타고 주르륵 흐른다. 바람도 제법 세게 부는지 길을 걷는 사람들은 몸을 잘 가누기 힘들어 보인다. 옷섶을 파고드는 바람 탓에 이곳 사람들은 우산을 접고 여린 빗방울들을 온몸으로 받아낸다.

이처럼 불친절한 네덜란드의 날씨에 대해 잘 몰랐던 시절, 나는 바람이 세게 불 때면 고집스럽게 우산을 틀어쥐며 조금이라도 빗방울을 피해보려고 애썼다. 하지만 우산은 맥없이 뒤집히기 일쑤였고, 결국 비바람을 피할 곳을 찾아다녔다. 그렇게 우산을 곧추세우던 여자는 요즘 들어 비가 주는 잠깐의 틈을 즐길 줄 아는 법을 배우고 있다. 그것은 의외로 달콤했다. 이젠 여린 빗방울이 옷섶을 파고들어도 넉넉히 품어줄 만큼 여유롭다. 네덜란드의 촉촉한 빗줄기에 나는 오늘도 젖어든다.

물 많이 쓰는 여자

앞서 말했듯이 우리의 첫 보금자리는 작은 학생 아파트였다. 각자의 사정에 따라 방주인이 바뀌기도 했지만, 아홉 명과 함께 사이좋게 부엌을 나누어 쓰던 그 시절은 크리스마스 마을이 담긴 스노우볼처럼 언제나 가슴 따뜻한 추억으로 남아 있다. 저녁 시간이 되면 도란도란 부엌에 모여 그날의 이야기를 떠들어대곤 했다. 저마다의 사연으로 네덜란드의 작은 학생 아파트로 날아든 청년들은 그렇게 서로 품을 내주며 생활했다. 그토록 포근한 기억 속에는 또 서로를 놀려댈 이야기 하나쯤은 있기 마련. 나 역시 부엌에 얽힌 에피소드로 별명 하나를 얻었으니, 바로 '물 많이 쓰는 여자'다.

새색시 티를 내고 싶던 때라 앞치마를 두르고 공동 주방에 나와 맛있는 저녁도 만들고, 옆방 총각이 쌓아둔 그릇부터 옆방 처녀의 설거지거리까지 뽀도독 소리가 날만큼 깨끗이 씻어 말려두고는 은근히 칭찬과 감사 인사를 기대하곤 했다.

그날도 어김없이 우렁각시를 자청하고 나선 나는 부엌 여기저기에 방치된 전날 저녁식사의 흔적을 지워가고 있었다. 그런데 옆방 처녀, 총각들의 예상보다 이른 귀가에 설거지 자원봉사현장을 들키고 말았다. 어색하게 웃으며 착한 언니 티를 내고 있는데 이들의 표정이 뭔가 심상치 않았다. "왜?" 하고 물으니 "은주, 물 많이 쓰는 여자구나" 하며 졸졸 흐르는 수도꼭지를 냉큼 잠그는 것이 아닌가. 내심 '생각해서 설거지 해줬더니' 하는 모난 마음을 숨길 길이 없어 그날 저녁은 밤새 많이도 뒤척였다.

며칠 후, 나는 놀라운 광경과 마주했다. 내 기분을 눈치챈 옆방 처녀가 한창 텔레비전 시청에 열을 올리고 있는 총각들을 독려해 식탁 정리에 나선 것이다. 거기까지는 좋았다. "우리가 설거지할게" 하며 팔을 걷어붙이고 개수대 앞에 선 처녀, 총각들의 말동무라도 할까 싶어 개수대에 다가간 나는 눈이 회동그래지고 말았다. 일명 네덜란드식 설거지에 놀라고 만 것이다.

네덜란드의 설거지 방법은 우리와 달라도 너무 달랐다. 간단히 설명하면, 먼저 그릇에 묻은 음식찌꺼기를 털어내고, 손을 담글 수 없을 정도로 뜨거운 물을 개수대 가득 받는다. 여기에 주방 세제를 적당히 풀고 접시들을 담근다. 때가 어느 정도 불었다 생각되면 브러시로 슥 문질러서 오염물을 떼주고 헹굼 과정 없이 마른 행주로 닦으면 설거지 끝.

생소한 광경에 나는 입이 떡 벌어져서는 "헹…… 헹구지 않는 거야?" 하고 떨리는 목소리로 물었다. 그러자 도리어 "왜, 깨끗하잖아?" 하고 되묻는 순진한 표정의 네덜란드 청년들을 보고 있으려니 기가 막혀 웃음이 났다. 절약 정신 투철한 네덜란드인들이라 이야기는 익히 들어왔지만, 아껴도 너무 아낀다 싶은 순간이 아닐 수 없었다. 사정이 이러하니 이 나라 사람들에게 뽀도독 소리가 나야 성에 차는 한국식 설거지는 낭비로 비쳐졌으리라. 킥킥 웃는 나를 어리둥절한 얼굴로 보는 친구들에게 한국식 설거지 방법을 설명하고 접시의 뽀도독 소리까지 완벽하게 재현해주었더니 "아, 그래서 물을 그렇게 많이 써야 했구나" 하며 그제야 고개를 끄덕인다. 나에겐 당연했던 사실이 그들에겐 새로움이었듯, 내게도 그들의 생활방식은 나날이 새로웠다.

이제는 학생 아파트를 나와 우리만의 집을 얻었기에 부엌을 함께 쓰는 일은 없어졌지만, 때때로 남편의 친구들이 저녁을 먹은 후에

설거지라도 돕겠다며 부엌으로 들어 설때면 예의 바르게 사양한다. 네덜란드 생활에 제법 익숙해졌다고는 해도 헹굼 없는 이들의 설거지 문화가 쉬이 받아들여지지 않는 까닭이다. 그래도 한국식 설거지를 고집하는 부인을 위해 마지막에 잊지 않고 깨끗하게 물로 헹궈주는 남편이 있어 참 다행이다.

오늘도 설거지를 도와주겠다는 남편에게 노파심에 외치는 한마디.

"뽀도독, 알지!"

느리게 느낌을 갖고
Andante espressivo

기다리는 일에 서툴던 내가 이제는 기다림에 익숙해졌다. 내가 살아가는 이곳의 모든 것이 한국보다 느리기 때문이다.

대학 3학년 때였던가. 어느 교수님이 강의 시간에 '멀미는 현대사회의 속도에 적응하지 못한 사람들에게나 나타나는 부적응 현상'이라고 했던 말이 떠오른다. 유독 멀미가 심했던 나와 친구는 교수님의 말씀에 입을 삐죽이는 걸로 불만을 표시했었다.

작년 여름, 우리 부부는 서울에서 한 달간의 휴가를 보냈다. 새로운 곳에서의 삶에 박차를 가했던 나에게 주는 작은 선물이었던 셈이다. 고향, 익숙한 환경으로 잠시나마 돌아오니 그저 기쁘고 설레었다. 그런데 오랜만에 서울 버스를 타자마자 멀미를 하고 말았다. 현대사회의 속도에 적응하지 못한 몸이 반응을 일으킨 것이다. 나는 어느새 네덜란드의 '느림'에 적응하고 있었던 것이다.

도대체 얼마나 느리기에 이 야단일까 궁금한 이들을 위해 몇 가지 예를 들겠다. 한번은 네덜란드에서 알게 된 한국인 친구가 새집으로 이사를 하고 소파를 주문했다. 한국에서라면 늦어도 3일이면 배달이 되었어야 할 소파가 한 달이 지나고, 두 달이 지나도 감감무소식이었다. 새 소파는 석 달 만에 친구의 새집 거실에 자리를 잡았다.

"언니, 여기서 주문을 하면 말이야, 내가 이 소파를 샀나 안 샀나 기억이 가물가물해질 때쯤 오더라."

또 한번은 이런 일도 있었다. 한국에서 엄마가 보냈다는 우편물에 얼토당토않은 세금이 붙어 왔다. 당장 우체국에 전화를 걸어 따져 물어야 마땅했다. 그런데 여기서는 한국에서처럼 재깍 담당자와 연결되는 일이 드물다. 어렵사리 연결이 되더라도 "불만사항은 편지로 보내주세요"라는 말을 듣기 일쑤다.

아…… 21세기에 편지라니!!

그런데 21세기에도 네덜란드에서 모든 공식 문서는 편지로 주고받는다.

그 외에도 에피소드는 많다. 한국에서라면 교통카드를 대기만 하면 끝날 일을 네덜란드에서는 얼마 전까지 검표원이 일일이 도장을 찍어주며 확인했다(이제 겨우 교통카드시스템을 도입하기 시작했다). 중요한 약속을 앞두고 타야 할 기차가 돌연 취소되어도 그 흔한 환불 소동조차 없는 곳이 바로 이곳, 네덜란드다. 속이 터질 것처럼 답답하기만 한 이 시스템에 분통을 터뜨리던 나는 다른 기차를 찾아 태연히 걸음을 옮기는 남편에게 분통을 터뜨렸다.

"당연히 환불해줘야 하는 거 아니야?"

그러자 그는 해맑게 웃으며 대답했다.

"그래도 우리가 이해해야지. 우리가 가야 할 곳에 가지 못하는 건 아니잖아? 여유를 가져. 그게 이 땅에서 사는 법이야."

그래, 이곳의 방식은 한국과 다르지. 똑같은 속도로 달릴 수는 없는 거야.

언젠가 들었던 기차 안내 방송이 생각난다. 사람의 걸음보다 느리게 가는 기차에 의아해하던 찰나 스피커에서 기관사의 목소리가 들렸다.

"지금 철로에 양이 앉아 있어요. 소방관들이 양을 몰아가는 중이니 조금만 여유를 갖고 바깥의 풍경을 즐겨주세요."

느리게 느낌을 갖고 사는 이곳 사람들이 점점 좋아진다.

찻물

찬찬히 끓인 물에서는 단맛이 난다.
급하게 팔팔 끓인 물에서는 쓴맛이 난다.
나는 뭉근하게 끓여 단맛이 우러나는 물을 좋아한다.
그 물로 우려낸 차를 그와 함께 나누고 싶다.

기다림을 모를 때는 모든 것이 지루했다.
기다림을 알게 된 지금은
귓가를 스치는 공기의 흐름과
쏟아지는 햇살의 움직임과
계절이 바뀌며 뿜어내는 자연의 향기를
깊이 음미하며 살아가고 있다.
계획한 인생의 틀에 갇혀 아등바등 살기보다
예상치 못한 어긋남을 즐기며 천천히 나아가는 것.
비록 느릴지라도 기다림은 반드시 당신에게도
소중한 선물을 안겨줄 것이다.

거절당한 선물

네덜란드어에 '훗콥Goedkoop'이라는 말이 있다. '값이 싸다'는 뜻이다. '싼 게 비지떡'이라는 우리네 속담과 달리, 이곳에서는 값이 싸야 좋은 물건으로 인정받는다. 지극히 네덜란드인의 투철한 경제관념을 보여주는 단어라고 할 수 있다.

물론 남편도 그런 점에 있어서는 다르지 않다. 남편의 입장에서 보면 나는 다소 씀씀이가 헤픈 아내다. 하지만 남편은 잔소리를 하기보단 검소함과 꼼꼼함을 몸소 보여줘 나를 놀라게 한다.

신혼 초기에 방을 꾸민다는 명목으로 가구며 생필품을 사들일 생각에 들떠 있을 때 일이다. 나는 번번이 남편의 검소한 생활 태도에 손과 발이 묶였다. 1인용 침대를 2인용으로 바꾸는 것 외에는 기존에 그가 가지고 있는 쓸 만한 물건을 버리느냐 마느냐를 두고 실랑이를 벌여야 했다. 결국 몇 번의 설득 끝에 나는 낡고 헐어버린 그의 물건을 버리고, 새 신혼 가구를 들여올 수 있었지만, 그는 여전히 그 쓸 만한 물건에 대한 미련을 버리지 못한다. 비단 남편만이 아니다. 네덜란드는 고가구와 골동품을 가장 많이 만날 수 있는 곳으로 꼽힌다. 이곳 사람들의 검소한 생활 태도를 보여주는 대목이다.

아끼고 아끼는 네덜란드인의 습성은 실내 조명을 통해서도 엿볼 수 있다. 처음 네덜란드를 방문하는 사람이라면 침침한 실내조명에 답답함을 호소하기도 한다. 선명하고 밝은 형광등에 익숙한 나도 마찬가지였다. 네덜란드에서는 공간 전체를 환하게 밝히기보다 간접 조명만 켜놓는 것이 일반적이다. 그마저도 꼭 필요하지 않을 경우를 제외하고는 꺼놓거나 촛불을 사용하기도 한다. 마치 호롱불 밝히던 조선 시대로 돌아간 느낌이다.

절약 정신은 선물에서도 잘 나타난다.

남편과 절친했던 친구의 생일파티에 초대를 받아 고민 끝에 가격이 조금 나가는 독특한 디자인의 티포트teapot를 선물했다. 남편과 각별한 사이인 만큼 좋은 선물을 주고 싶었다. 그런데 포장을 뜯어 고급스러운 티포트를 살피던 친구는 고맙다는 말과 세 번의 키스를 건네고는 조심스레 말을 이었다.

"정말 고마워. 그런데 어쩌지? 네 선물이 우리에겐 좀 과분한 것 같아. 이렇게 예쁜 선물을 해줘서 고맙지만, 우린 이미 티포트가 있으니 네 마음만 받을게."

이건 뭐지? 선물을 거절한 건가? 집으로 돌아오는 길에 나는 황당하고 멋쩍은 상황에 불편했던 마음을 남편에게 토로했다. 적당히 편을 들어주던 남편이 조심스레 말문을 열었다.

"당황했지? 하지만 그게 네덜란드인들의 문화야. 익숙해져야지. 선물은 받는 사람이 기쁘게 쓸 수 있어야 하는 거잖아. 받고도 잘 사용하지 않는다면 차라리 안 주느니만 못하지 않겠어? 기쁘게 준비했다면 그걸로 됐어. 우리가 잘 쓰자."

그날 저녁에 무안해진 감정 탓에 그의 말을 받아들이는 데는 한계가 있었지만 이 사건을 계기로 상대가 정말 필요한 선물이 무엇인지 객관적으로 바라보는 눈을 갖게 되었다. 만 원에서 이만 원 정도의 부담스럽지 않은 선물을 준비하는 이 소박한 사람들은 꽃과 와인 정도의 선물로 퍽이나 감동하고 행복해하는 눈치다.

그래, 이런 게 이들의 문화라면 나도 익숙해져야지.

감사

음악 대신 새소리를 듣고
텔레비전 대신 푸른 숲을 눈에 담는다.
무르익어가는 여름의 짙푸른 나무들처럼
풀숲을 탐험하는 고양이처럼
조용한 일상에 몸을 맡긴 채
오늘보다 조금 더 풍성해질 내일에 감사한다.

티타임

"차 마실까?"

네덜란드는 영국 못지않게 차 문화가 발달했다. 찻잔을 마주하고 앉아 하루의 일과를 정리하기도 하고, 마음에 담아두었던 이야기를 살며시 꺼내놓기도 한다.

평범한 삶을 살아가는 부부라면 누구나 그렇겠지만, 매번 반복되는 일상을 대화로 풀어내기에는 주제가 제한적이고 풍성하지 않은 게 사실이다. 대화를 잘하려면 소통하려는 의지가 있어야 하는데, 일방적으로 대화의 단절을 경험한 사람은 상처를 받고 마음의 문을 닫아버리게 된다.

우리도 다르지 않다. 외국인 남편이라고 매일매일이 특별한 것은 아니다. 반복되는 일상은 여느 부부의 삶과 다를 것이 없다. 다만 우리에게는 소통의 매개체가 있다. 바로 티타임이다. 우리는 대화가 필요할 때면 늘 차를 마신다.
물론 차를 마실 때마다 매번 자연스럽게 대화가 진행되는 것은 아니다. 차를 마시며 대화하는 것에 익숙한 그와 달리 나는 아직 이곳의 문화를 배워가는 중이다. 그래도 내게는 농익지 않은 내 대화법을 말없이 기다려주는 남편이 있지 않은가. 수다스러운 한국 여자보다 더 말 많은 이 남자 덕분에 나는 대화하는 방법을 조금씩 터득하는 중이다. 끝임없이 인내하고 이해하며 서로의 공간을 세워가기에 대화의 순간들이 매일 더 즐거워진다.
대부분은 그가 먼저 티타임을 마련할 때가 많지만 요즘에는 그의 이야기를 듣고 내 이야기를 들려주고 싶을 때면 나는 향기로운 차를 우려놓고 그를 기다린다. 그가 지친 기색이 역력하면 "차를 마시고 자면 푹 잘 수 있을 거야" 하고 달콤한 말도 잊지 않는다. 지금은 말과 말 사이의 여백마저도 소통이라는 것을 깨달을 만큼 우리의 대화는 조금씩 여물어가고 있다.

사실, 우리에게는 훌륭한 롤모델이 있다. 바로 예순을 넘긴 나이에도 여전히 금슬이 좋은 시부모님이다. 두 분의 티타임에 초대를 받아 대화를 나누다 보면 주제의 풍성함에 깜짝 놀라곤 한다. 은퇴

후 집안일을 도맡아 하시는 아버님과 특수학교에서 아이들을 가르치고 있는 어머님의 삶은 단조롭기는커녕 신혼인 우리와 비교해도 전혀 뒤지지 않을 만큼 화기애애하다. 유난히 커피를 좋아하는 두 분은 방금 내린 따끈한 커피를 들고 대화를 시작한다.

아버님: 오늘은 어떤 하루를 보냈나요?

어머님: 오늘은 늘 가던 길이 아니라 다른 골목으로 지나가 봤어요. 유난히 공기가 차가웠는데 누군가 피워놓은 향냄새가 은은하게 창밖으로 새어나오는 거예요. 기분이 좋더군요. 학교까지 가는 데 30분이 좀 넘게 걸렸지만, 시작이 좋아서 그랬는지 수업 시간에 힘들 게 하는 아이들도 없었고, 잔잔한 하루를 보냈어요. 돌아올 때는 비가 올 것 같아 걱정했는데 집에 도착할 때까지 비가 안 왔으니 운도 참 좋은 날이죠? 당신은요?

아버님: 나는 당신이 출근하고 취미학교(아버님은 시계수리에 관련된 취미학교에 다니고 있다)에서 받은 《시계 고

치는 법》이라는 책을 읽었어요. 난해한 책이긴 하지만 막상 읽다 보니 흥미가 생기더군요. 주치의와도 잠깐 통화했어요. 목소리가 높았던 걸 보면 꽤 바빴던 모양이에요. 금방 끊었죠. 점심은 연어 샌드위치를 만들어 먹었고, 오후엔 녹화해둔 축구 비디오를 보면서 당신을 기다렸어요. 먹구름이 보여서 걱정했는데 비가 오기 전에 당신이 도착해서 정말 다행이에요.

두 분의 대화에서 특별한 일은 없다. 그저 두 분의 일상이 고스란히 담겨져 있을 뿐이다. 흥미로운 것은 이 짧은 티타임을 위해 두 분은 하루동안 경험한 작은 일들을 하나씩 돌아보고 그것들을 서로에게 자세히 들려준다는 것이다. 함께하지 못한 시간을 상대에게 들려주기 위해 스치는 바람마저 이야기보따리에 넣어서 집에 가져오는 듯했다.
두 분의 대화를 부러움에 가득찬 눈으로 바라보고 있는 내게 어머님이 대화의 기술 한 가지를 귀띔해준다.

"시간 순서대로 말하려고 노력하는 거야. 그런 식으로 말을 하다 보면 어느새 하루를 되돌아보며 시간을 정리할 수 있지. 대부분 사람들은 가장 인상 깊은 일 위주로 말하는 데 익숙해 있지만, 그러다 보면 소소하게 기쁨을 주었던 순간들을 쉽게 잊게 돼. 전하고자 하는 마음만 준비되어 있으면 일상에서 발견하는 가벼운 행복들을 볼 수 있어. 결국 나를 위한 시간인 셈이지."

나는 오늘도 그와의 티타임을 위해 물을 끓인다. 오늘 하루를 천천히 돌아보고, 그의 하루를 궁금해하며 티타임을 기다린다.

"우리 차 한 잔 할까?"

Only for you

존중하는 언어

마음 상한 일이 있어도 입만 조금 삐죽이고 말 정도로 남편은 화를 잘 내지 않는다. 덕분에 나 역시 조금 더 둥글어졌다. 화가 나서 샐쭉하게 눈꼬리가 올라가면 "그럴 수도 있겠다. 기분 상하게 해서 미안해" 하며 내 품으로 파고드는 이 커다란 남자를 어떻게 당해낼 수 있을까. 그래서 아주 가끔은 내가 지고 있다는 얄궂은 생각마저 든다.

그런 그의 부드러운 카리스마를 처음 느낀 건 결혼하고 얼마 되지 않았을 때의 일이다. 살림을 시작하면서 나름대로 규칙을 정하고, 그가 잘 따라주기를 바란 나는 그에게 '이건 이렇게 하고, 저건 저렇게 해줘' 라는 식으로 꽤 많은 지시사항을 전달했다. 편식이 심한 그의 식생활을 건강식으로 바꿔야 한다고 주장했고, 시선에 아랑곳하지 않는 그의 패션 감각도 지적하며 조금 더 신경 써주기를 바랐다. 그의 모든 것이 이제는 내 손을 거쳐야 한다고 생각했던 것 같다. 아내라면 응당 해야 할 일이라 여기면서.

하루는 탄산음료 섭취량이 너무 많은 것 같아 쥐고 있던 음료수 병을 잡고 "콜라는 좀 줄이는 걸로 해"라며 또 하나의 지시사항을 건넸다. 내 말을 듣고 한동안 내 얼굴을 응시하던 그는 천천히 말문을 열었다.

"난 아이가 아닌데 왜 그렇게 말하는지 설명해주겠어? 부탁할 수도 있는 건데 자꾸 명령하는 것 같은 기분이 들어서 말이야."

그의 목소리는 지극히 낮고 부드러웠다. 어떻게 설명을 해야 하나 말문이 막혔다. 사실 설명할 길도 없었다. 다 남편을 위해서 한 행동이지만, 의도야 어찌되었든 나는 그에게 명령하고 있었다. 아침만 해도 "그거 입지 말고 이거 입어", "창문 좀 열래? 밥 먹자" 등 내 입에서 나온 모든 말은 명령조였다. 당신 건강을 위해서야…… 라고 얼버무리며 그 순간을 모면했지만 그다음부터 섣불리 말을 꺼내기가 힘들었다.

이내 어떻게 말을 해야 하나 고민하기 시작했다. 그가 나에게 전하는 말들을 돌이켜보았다. 정답을 찾기란 그리 어렵지 않았다. 그는 언제나 상대를 존중했고, 상대가 존중받고 있다는 느낌이 들도록

말을 골라 사용했다. 명령이 아닌 의견을 묻는 것이다. 예를 들어, 내가 설거지를 하고 있을 때 도와주려고 다가오면서도 "내가 할게"가 아닌 "내가 도와줘도 괜찮을까?" 하고 묻는 것이다. 나는 그동안 무의식중에 쏟아낸 명령조의 말들이 부끄러웠다. 그를 위해서라는 거창한 변명도 통하지 않았다. 결국 상대를 존중하는 데는 마음뿐만 아니라 언어 표현도 중요하다는 것을 깨달았다. 아무리 옳은 것을 이야기한다고 해서 선택을 강요할 순 없다. 부부 사이에 지켜야 할 최소한의 예의를 그가 건넨 질문을 통해 알게 되었다. 20년 넘게 다른 인생을 살아온 두 사람이 만나 같은 시간, 같은 공간을 공유한다는 것은 결코 쉬운 일이 아니다. 어쩌면 평생을 살아도 이해하기 힘든 문화 차이가 있을지도 모른다. 하물며 우리는 국적도 다르고, 언어도 다른데 어련할까. 여전히 서툰 내 언어 실력 탓에 설명하는 데도 한계를 느낄 때가 있었고, 가끔은 모든 것을 내려놓고 네덜란드로 온 내게 그가 고마워해야 하는 것이 아닌가, 왜 이 정도도 양보해주지 않는 것일까 하며 심통을 부린 적도 있었다. 때론 집요하게 묻고 설명하는 남편이 부담스럽고 얄밉기도 했지만, 돌이켜보면 끊임없이 서로에게 묻고 대답하며 이해의 폭을 넓힐 수 있었던 것 같다. 대화는 습관이다. 대화에 탄력을 받자 나의 생각을 전달하는 일에도 익숙해지고 그의 생각을 이해하는 것도 수월해졌다. 사소한 엇나감이 더 벌어지기 전에 그는 나와 생각을 교류하려고 노력했다. 이 과정은 꽤 시간이 걸리는 작업이었다. 대화를 시작하면 사소한 것 하나를 가지고도 세네 시간을 훌쩍 넘기기 일쑤였다. 간혹 그 긴 대화 속에서 지칠 때도 있었지만 시간을 들인 만큼 간격은 좁아지기 마련이다. 그러기를 6개월. 서로의 의견 차이로 각을 세우는 일이 줄어든 건 당연한 결과다.

사람은 지극히 이기적인 동물인지라 자신이 베풀고 양보한 것들을 가슴속에 기록하고 상대방에게 그만큼의 양보와 희생을 요구한다. "내가 너한테 어떻게 했는데! 네가 그럴 수 있어?" 사랑과 이해라는 상품을 계산대에 올려놓고 흥정하는 꼴이다. '내가 한 번 참지 뭐' 하고 마음에 쌓아두기만 하면 자칫 원망으로 이어질 가능성이 크다.

둘뿐인데 뭐 그리 복잡하게 사느냐고 묻는다면 '그러게요' 하고 웃고 말겠지만, 긴 시간을 할애해 서로에게 귀를 기울이면 두 사람의 신뢰는 더욱 돈독해질 것이란 믿음은 변함이 없다. 물론 이것 역시 상대에 대한 존중이 밑바탕에 깔려 있지 않고는 불가능한 일이지만.

✐

남편은 부재중

그가 미국으로 출장을 갔다. 1년에 한 번 열리는 게임페스티벌에 참가하기 위해서다. 열심히 일하느라 지쳤을 그에게 쉴 수 있는 좋은 기회가 될 거라 생각했는데 그는 나를 두고 떠나는 것이 못내 마음에 걸렸나보다. 낙타같이 긴 눈썹을 내리깔고 1년은 못 볼 것처럼 눈물을 떨군다. 그의 눈물에 당황한 나머지 고작 건넨 말이 "겨우 일주일 가는 건데 우는 거야?"다. 참 멋대가리 없는 아내다. 다음 날 그는 한글로 또박또박 쓴 '나쁜 여자다'라는 메모를 남기고 떠났다. 그리고 미국에서 그가 엽서를 보냈다.

야보!

만히 보고싶다요.

러스앤쓰르스 예빠.

너무 사랑해요.

찌금 쪼금 심심해, Because

은주 업서……

프랭끄는 빨리와.

스바스띠안는 쌔미 엇서.

너무 떠와요.

WCG AIRCO 잇서 ^^.

포포, 프랭끄

번역하자면, 그는 내가 많이 보고 싶고, 로스앤젤레스는 예쁘지만, 친구 세바스티안은 재미없고, 너무 덥지만 행사장에 에어컨이 있어서 괜찮다는 내용이다. '포포(뽀뽀)'도 잊지 않았다.

우리는 매일매일 서로의 언어를 배우는 중이다!

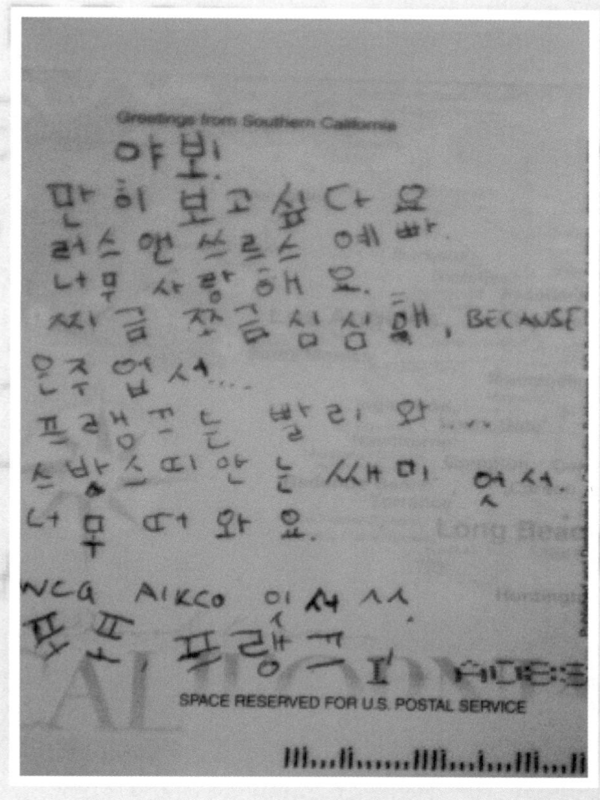
Greetings from Southern California

야보!
만히 보고 싶다 요
러스 엔 쓰르스 예빠
너무 사랑해 요.
찌금 쪼금 심심해, BECAUSE
온주 업서...
프랭구는 빨리 와...
스방스띠안 는 쌔미 엇서.
너무 더와 요.
NCG AIKCO 잇서 서.
포포, 프랭크

SPACE RESERVED FOR U.S. POSTAL SERVICE

자라다

오늘 아침, 수화기 너머로 "사람은 매일 그렇게 자라는 거야" 하던 엄마의 말이 자꾸 귓전을 맴돈다.

'자라야 한다.'

노트 한쪽에 이 말을 적어놓고 가만히 들여다보고 있으려니 조금 부담스럽다. 한국에서의 삶을 잠시 접어놓고 새로 만난 네덜란드라는 세상에서 나는 얼마나 자랐을까? 무슨 뜻인지 감조차 잡을 수 없었던 네덜란드어를 이제는 눈치로나마 조금 알아듣게 되었고, 당퀴벨Dank u wel_고맙습니다을 연발해서 매너 좋은 사람으로 비치고 싶다는 바람도 생겼다. 자전거의 변속기어가 꽤나 유용한 발명품이라는 사실을 알았고, 대형 마트보다는 저렴한 동네 가게를 이용하는 살림의 지혜도 얻었다. 찾으려고 들면 얼마든지 무료로 즐길 수 있는 문화 혜택이 풍부한 이곳에서 예술이 우리에게 얼마나 소중한지도 깨달았으며, 모든 것이 느리게 흘러가는 이곳 시스템에 속이 바짝바짝 타기도 하지만, 적당히 포기하고, 즐길 줄 아는 여유도 생겼다. 그리고 무엇보다 이 모든 과정을 통해 삶을 되돌아보고 그 의미를 되새기게 되었다. 이 정도면 나도 조금 성장한 게 아닐까. 그리고 지금은 현재의 나에게 만족하고 있다. 서두르지 않는 건 시간이 많아서가 아니라 나를 정확히 알고 넘어지지 않을 만큼 천천히 가고 싶기 때문이다.

소박한 결혼기념일

우리는 첫 결혼기념일을 한국과 네덜란드를 오가며 장거리 연애를 하던 시절에 맞이했다. 비가 올 듯 무거운 회색 하늘과 거실을 밝힌 크리스마스트리, 라디오에서 흘러나오는 흥겨운 캐롤송, 마냥 들뜬 내 마음마저 일 년 전과 닮아 있었다. 단지 드레스 대신 파자마를 입고 긴장 풀린 모습으로 서로를 향해 웃음을 터뜨리고 있다는 사실이 다를 뿐이었다.

네덜란드에서는 첫 번째 결혼기념일에 일 년 동안 꽁꽁 얼려두었던 웨딩케이크의 맨 윗단을 먹는 풍습이 있다. 결혼의 의미와 기쁨을 다시금 새기라는 의미일 것이다. 벌써 일 년이나 지났다니 믿기지 않지만, 변함없이 보드랍고 촉촉한 케이크의 맛처럼 우리의 결혼 생활도 여전히 달콤하다. 평범하지 않은 장거리 신혼 생활이었기에 잠시라도 함께 눈을 뜨고 잠든다는 사실이 한없이 소중했던 시간이었다. 부디 내년에도 후년에도 오늘만 같기를……

우리는 크리스마스 분위기에 흠뻑 빠진 암스테르담 시내를 상기된 표정으로 하릴없이 누볐다. 쇼핑을 하거나 근사한 레스토랑에서 식사하는 대신 서로의 온기가 전해지도록 단단히 손을 잡고 함께 있는 시간을 만끽했다. 맞잡은 손에서 번지는 미소는 특별 보너스. 서로의 웃음이 살아가는 이유가 된다.

그리고 결혼기념일마다 꼭 챙기는 것이 있다. 바로 기념사진을 남기는 일이다. 한겨울에는 두꺼운 외투를 입어야 하므로 멋을 부리기 힘든 탓에 늦가을부터 미리미리 우리 둘만의 추억을 카메라에 담아둔다. 처음엔 카메라 앞에 서는 것이 쑥스러운지 어색한 표정을 짓던 남편도 지금은 세상에서 가장 행복한 표정을 짓는 데 거리낌이 없다. 공원에서 다양한 포즈를 취하며 사진을 찍고 있노라면 어느새 구경꾼들이 하나둘 모여들기 시작하는데 그러면 우리는 사랑의 도피자들처럼 서둘러 자리를 떠난다. 늘 아쉬움이 남는 기념촬영이지만, 그것은 그것대로 추억의 한 페이지를 장식할 터이다. 그리고 추억을 사랑하되, 과거에 매달리지 않기 위해 새로운 기억의 조각들을 엮어 삶의 징검다리를 만든다.

반짝이는 보석이나 화려한 이벤트보다도 값진 선물이다.
사랑하는 사람으로 인해 반짝이는 기적을 모두 경험할 수 있길
바라며 올해도,

Merry christmas & Happy anniversary

고백

아름다운 당신,

앞으로도 여기 혹은 저기

당신의 삶이 닿는 곳이라면 어디에서나

당신을 지켜볼 거예요.

나를 있는 그대로 받아주고 인정해준 당신,

당신을 만나서 참 다행이야.

숲 속의 가수

암스테르담의 숲을 가로질러 오는 길.

날쌘 다람쥐가 쳇바퀴를 돌리듯 힘차게 자전거 페달을 밟는다. 나풀대는 나뭇잎을 지휘자 삼아, 지나가는 사람들은 신경 쓰지 않고 목청껏 노래를 부른다. 이곳 사람들에게 동양에서 온 숲 속의 가수는 꽤나 신기한 구경거리인지 미소를 지으며 엄지손가락을 치켜세우는 청중들이 있어 더욱 흥이 난다.

노래의 레퍼토리는 한국 노래가 대부분이다. 가요, 가곡, 동요, 민요에 이르기까지 장르를 초월한 리믹스 버전이다. 고향의 노래를 부르다 보면 언제나 가슴을 묵직하게 누르는 그리움이 부표처럼 둥실둥실 떠올라 한결 가벼워지는 기분이다. 그렇게 내 목소리와 노랫말에 귀를 기울이며 나는 나 자신과 소통을 한다. 음정이 어긋나거나 박자를 놓쳐도 그리움만은 바람에 실려 고향땅에 닿으리라 확신하면서.

그리움

맑은 하늘에서 해가 노니는 시간이 늘어가는 걸 보니

봄이 오려나봅니다.

마을을 지나는 흥겨운 카니발 행렬에,

색색이 빛나는 소담스런 꽃송이에,

문득 벚꽃 핀 윤중로가 그립습니다.

꿈에서도 잊히지 않는

사랑스런 고향의 봄.

눈에 고인 아련한 봄날의 설렘이

애틋한 그리움으로 흐릅니다.

우리집

우리 집

어느덧 결혼 5년 차. 학생아파트 작은 원룸에서 시작한 우리는 드디어 내 집 마련의 꿈을 이뤘다. 서두르지 않고 한 계단 한 계단 밟아온 결과였기에 그 행복감은 어떤 말로도 표현하기 어려웠다. 집을 계약하기까지 몇 번이나 사전 답사를 하고, 사진을 남기고, 수많은 질문과 확인 전화로 중개인 아가씨와 변호사 아저씨를 괴롭혔다. 얼마나 꼼꼼하게 살폈는지 계약서에 사인을 하던 날, 변호사 아저씨는 급기야 애인이 떠난 것보다 더 허전할 것 같다며 뼈 있는 농을 치기도 했다.

그리고 마침내 우리만의 보금자리에 첫발을 내딛었다. 전 주인이 남기고 간 오래된 가구에서 느껴지는 묘한 안정감 때문인지 새로운 집이 전혀 낯설지 않았다. 내 어깨를 가만히 감싸안는 그와 거실에 선 순간 우리는 수없이 속삭였다. 고맙고 또 고맙다고.

진심 어린 감사의 고백이 빈 공간을 채워갔다.

내 집을 마련했다는 기쁨의 여운을 조금 더 즐기고 싶었지만 그러기엔 할 일이 너무 많았다. 한국이었으면 업체를 불러 도배를 하고 이삿짐을 꾸렸을 테지만, 웬만한 일은 스스로 해야 하는 이 나라에선 가족과 친구들의 도움을 받아 이사를 해야 했다. 이사는 곧 가족이 함께하는 이벤트 같은 것이기에 더욱 그랬다.

새로운 보금자리에 들어가려면 가장 먼저 벽에 페인트칠을 해야

한다. 반들반들한 나무 바닥에 페인트가 묻지 않도록 비닐을 깔고, 긴 롤러로 벽 전체를 칠하기 시작했다. 이틀을 꼬박 작업해야 했지만, 고단하기는커녕 온몸에서 힘이 불끈불끈 솟아났다. 그리고 지금 이 순간을 빠짐없이 기억 속에 간직하려 애썼다. 먼 길을 마다하지 않고 달려와 함께 기뻐해주는 가족과 친구들과 냉동피자를 데워 먹으며 허기를 채우던 시간, 서로의 머리에 묻은 페인트를 닦아주던 광경, 해가 잘 드는 창가에 쪼르르 모여 앉아

어깨에 쌓인 피곤을 잠시나마 덜어내던 휴식, 커다란 트럭을 직접 운전해 이삿짐을 옮기던 날까지, 전부 가슴에 새겼다. 그리고 이 모든 기억의 파편이 집 안 곳곳에 박혀 우리 집을 풍성하게 했다.

PERFECTION

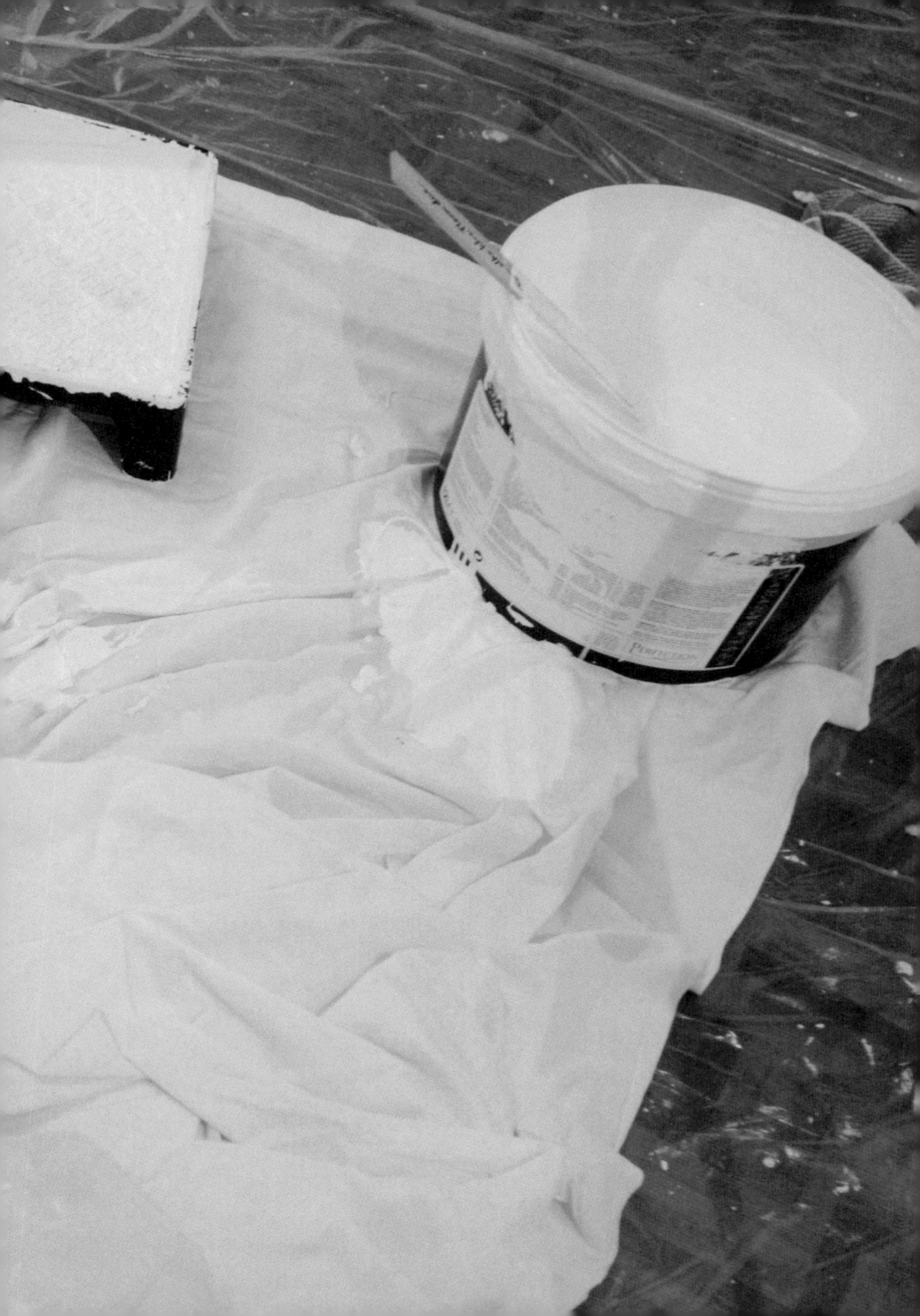

엄마가 들려준 이야기

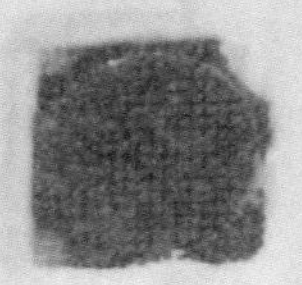

집으로 오는 길에 종종 사먹던 옥수수.

옥수수가 그리도 맛있냐며 미소 짓는 엄마에게

지하철역 앞 옥수수 아주머니 이야기를 한 적이 있다.

내 이야기를 귀담아듣던 엄마는

내 손에 들린 따뜻한 옥수수가 생각나

지하철역 앞 옥수수 아주머니를 찾아갔다.

"우리 딸이 아주머니 옥수수가 맛있다고 했어요."

"그 얼굴 하얗던 아가씨죠?"

깜짝 놀란 엄마가 어떻게 아느냐고 물으니

내가 엄마를 닮았다고 했단다.

수많은 사람들 중 잠시 스친 나를 기억해준다는 사실에

뭉클해졌다.

"겨울날 찐 옥수수만큼이나 따뜻했던 아주머니,

저를 기억해줘서 고마워요."

chapter. 4

그 여자와 함께 살기

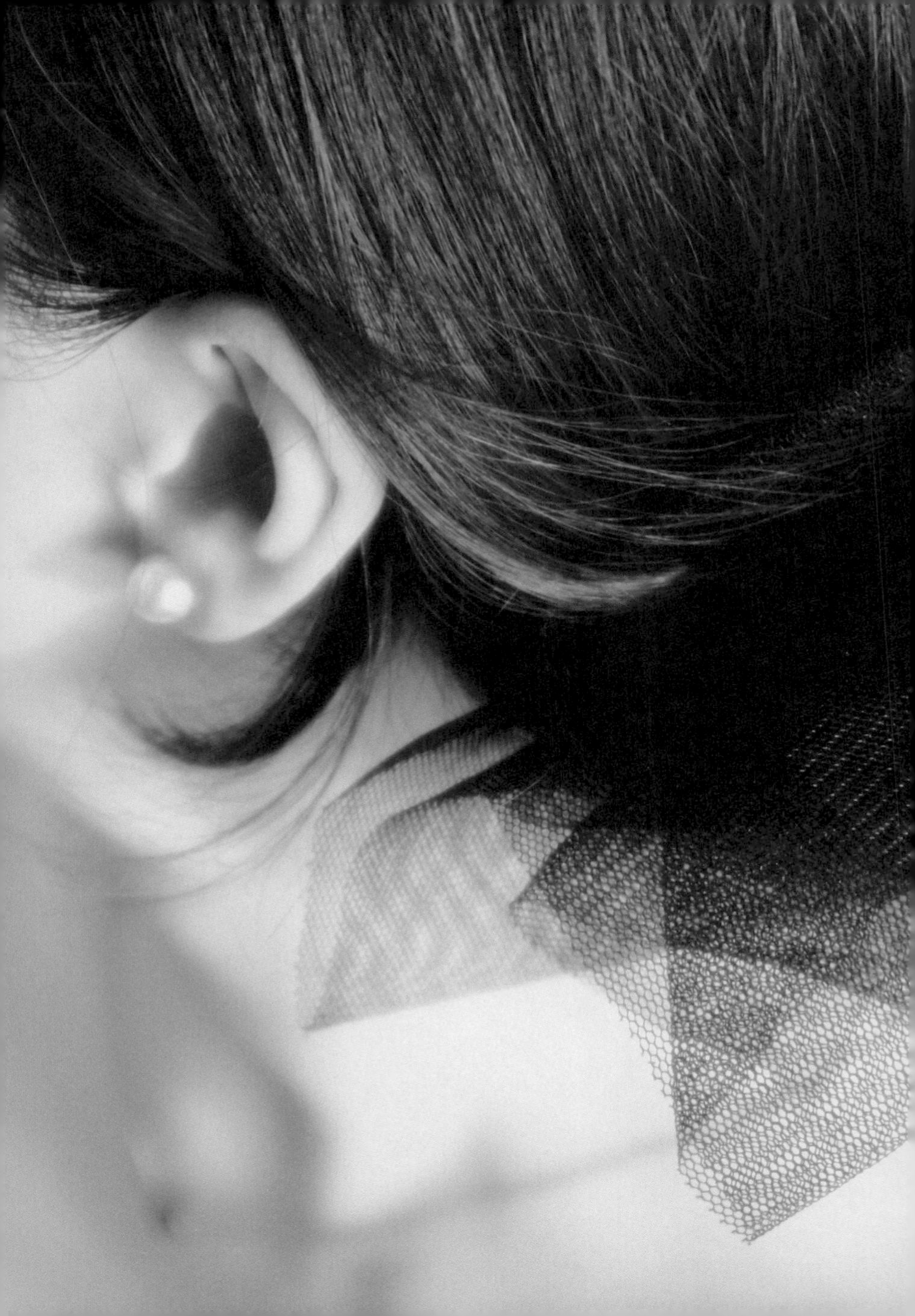

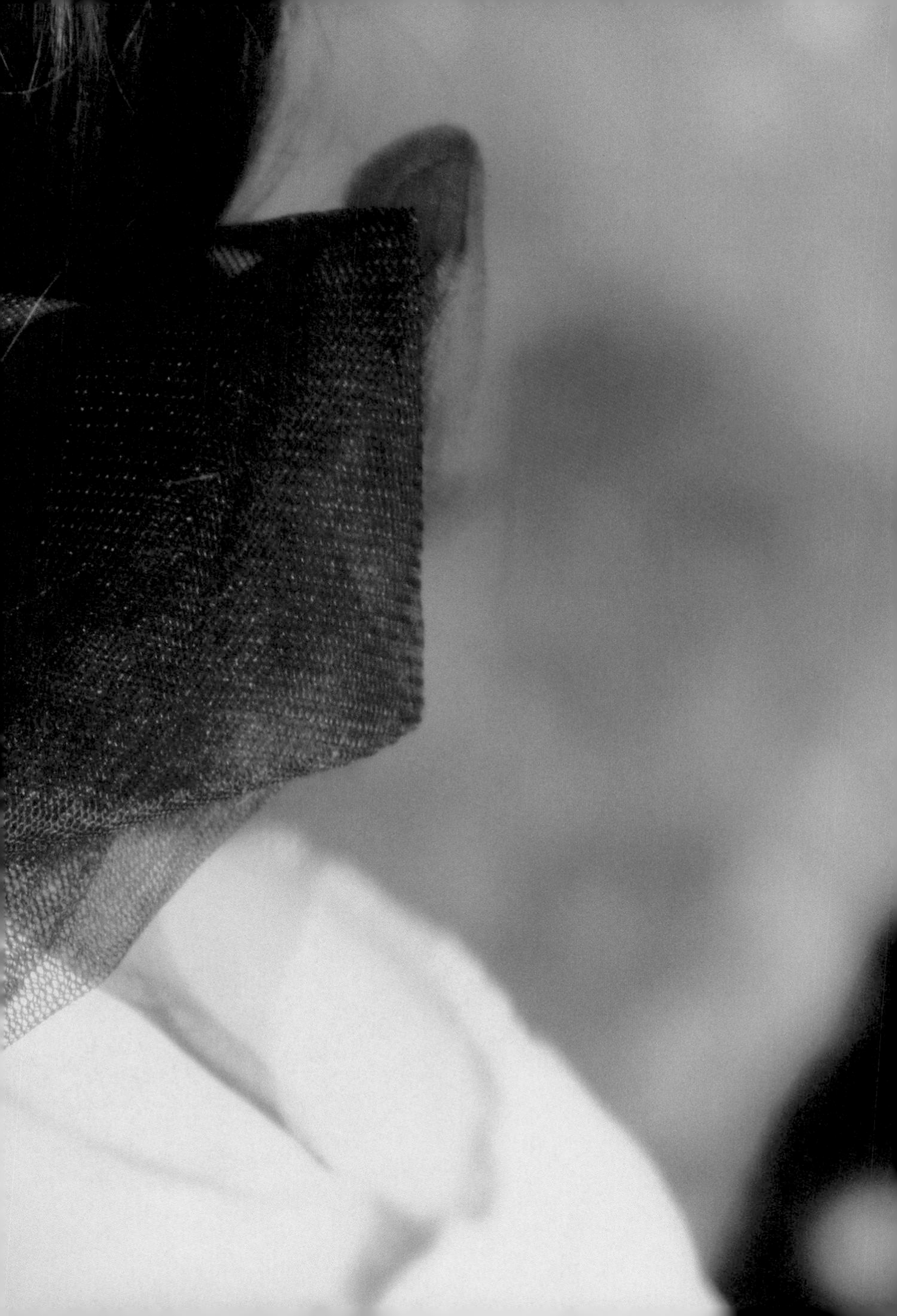

내가 한 계단 올라가고

그녀는 한 계단 내려와주었다.

이제 우리의 계단은 수평선.

높고 낮음 없이

그렇게 조금씩 다가가고 있다.

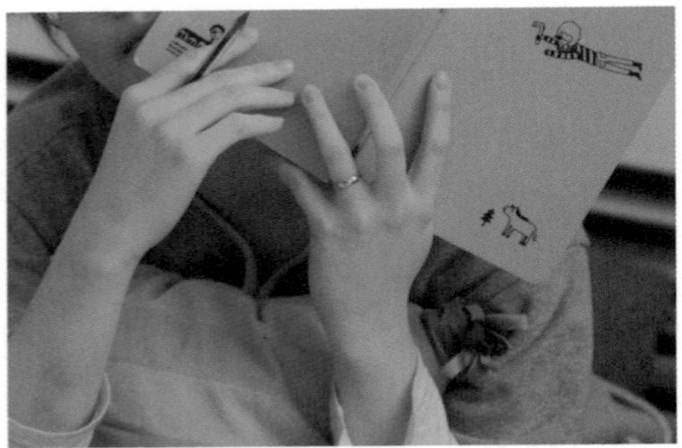

독자들에게
Dear Readers

나는 프랑크 브링크. 네덜란드 사람입니다. 열두 살 때부터 사랑하는 사람과 가정을 꾸리는 꿈을 꿔왔고 아내를 만나 그 꿈을 이루었습니다. 나는 운이 좋은 사람입니다.

모든 사람은 단 한 번의 인생을 살아갑니다. 그 인생에서 '사랑'이라는 것은 무엇보다 중요한 가치이지요. 나는 그 가치를 나눌 수 있는 사람을 만났습니다. 그래서 나는 또 운이 좋은 사람입니다.

이런 나를 만나 그녀도 행복했으면 하는 바람으로 하루하루를 살아가고 있습니다. 내게 사랑이 무어냐고 묻는다면 나는 '나의 아내'라고 대답할 것입니다. 내 사랑은 그렇게 처음부터 끝까지 '아내'입니다.

아내는 내가 기억하는 우리 이야기를 써달라고 부탁했습니다. 문화 차이도 있었을 것이고, 생각의 차이도 있었을 것이라며 여러 가지 주제를 던져주었습니다. 하지만 아내는 몰랐나봅니다. 그녀는 내게 한국 사람이 아니라 은주라는 여자라는 사실을요. 차이는 이름 붙이기 나름이지만, 사랑이라는 감정 앞에서 이 모든 것은 스치는 바람 같은 것이 아닐까요. 때로는 찬바람에 몸이 움츠러들기도 하지만 그녀를 안고 있으면 몸은 다시 따스한 온기로 채워집니다. 그녀도 아마 그럴 거라고 짐작해봅니다. 그녀에게 나도 네덜란드 사람이 아닌 프랑크라는 남자였을 테니까요.

저는 한국 사람과 네덜란드 사람의 이야기가 아닌 한 남자와 한 여자의 이야기를 쓰려고 합니다. 기쁨의 기억을 전하고 싶기 때문입니다. 그리고 지금 사랑을 하고 있는 사람들 모두가 함께 기뻐할 수 있기를 바랍니다. 사랑은 작은 것에서 비집고 나온 커다란 행복이자, 큰 것 안에 숨어 있는 작고 소중한 보물입니다. 그 사랑을 당신의 삶에서도 발견하길 원합니다. 내가 내 안의 해를 발견한 것처럼요.

♕

신발을 벗던 순간

한국에 처음 방문한 때는 무더위가 기승을 부리던 여름이었다. 네덜란드의 여름은 최고로 더울 때가 기껏해야 2~3일, 기온도 31~32℃정도로 올랐다가 말기 때문에 한국의 여름을 처음 접했을 때는 불볕더위가 이런 것이구나 하고 실감을 했다. 더욱이 그녀의 가족을 만난다는 사실에 긴장을 한 탓인지 땀이 비 오듯 쏟아졌다. 우리가 만난 지 얼마 되지 않아 그녀의 부모님을 만난다는 게 조금 이른 감도 있었지만 피하고 싶지는 않았다. 어차피 거쳐야 할 과정이라고 생각했다.

입국장 게이트가 열리자 맞은편에 그녀가 서 있었다. 그녀는 조금은 부끄러운 얼굴을 하고 있었다. 달려드는 나를 살짝 밀어내고는 주변을 의식하는 모습도 여전했다. 노랑머리에 생김새가 다른 나를 바라보는 시선이 느껴졌지만, 나는 그 시선이 싫지 않았다(나는 주목받기 좋아하는 사람이다). 하지만 그녀에게는 그 부분이 언제나 조심스러운 모양이었다. 네덜란드 친구들에게 나는 연애 경험도 적고 수줍음 많은 사람으로 알려져 있는데, 그녀에게는 내가 꽤나 적극적인 남자로 비치는 눈치다.

사실 빠르고 단호한 결정으로 치자면 나보다 그녀 쪽이 더 용기 있다고 말하고 싶다. 처음, 그녀에게 네덜란드로 오라는 말을 했을 때도 그녀는 거짓말처럼 그다음 날 스히폴 공항에 나타났고, 장거리 연애가 가능할까 망설이는 내게 그 정도도 감수할 수 없다면 시작할 수 없다는 말로 딱 부러지게 선을 그었던 것도 그녀였다. 그런 그녀가 이렇게 얼굴을 마주하고 있을 때면 누구보다도 수줍어하니, 나는 더욱 그 매력에 빠져들 수밖에 없다. 재회를 한 지 한 시간이 지나도 내 얼굴을 똑바로 쳐다보지도 못하는 그녀는 보면 볼수록 신기한 여자다.

한국에 와야겠다고 결심한 건, 늦어도 스물일곱에는 결혼해야 하고 절대 노처녀가 될 수 없다던 그녀의 우스갯소리 때문이었다. 나처럼 결혼을 하고, 가정을 꾸리고 싶은 사람이 여기에 또 있구나 하는 생각이 들자 나 역시 마음이 급해졌다. 지금 기회를 놓치면 또다시 얼마나 오랜 시간을 기다려야 할지 모르는 일이었다. 나 역시 딱 부러지는 결정을 그녀에게 보여줘야 했다.

"결혼하자."

그녀는 꽤나 놀란 눈치였다. 너무 빠른 게 아니냐고도 했다. 나는 당신이기에 마음에 확신을 가질 수 있었다고 설명했다. 감정에 대한 동의가 아닌 약속으로 시작하는 관계는 네덜란드에서 흔한 일이 아니다. "우리 서로 사랑하니까 사귀어볼까"는 흔하지만 "사랑하니까 결혼을 전제로 사귀자"는 경우는 거의 찾아볼 수 없다. 하지만 나는 사랑의 약속이 지닌 힘과 지속성을 믿었다. 그날의 약속을 바탕으로 우리는 시간을 가지고 서로에 대해 조금 더 깊게 다가가기 시작했다. 그리고 어느 날, 그녀는 결혼하기 위해서는 부모님께 허락을 받아야 한다고 말했다. 그녀의 말 한마디에 나는 그녀가 그랬던 것처럼 난생처음 한국 땅을 밟았다.

공항버스를 타고 한 시간 반, 그녀의 집 문이 열리자 작은 체구의 어머니가 우리를 반겼다. 차 안에서 열심히 연습한 대로 "안녕하세요?" 꾸벅 허리를 숙이며 인사를 하고, 집 안으로 들어서자 두 모녀가 동시에 웃음을 터뜨렸다.

"신발을 벗어야지!"

뜨거운 가족

그녀의 가족은 내게 특별하다. 잘은 모르겠지만 내가 느낀 한국의 가족애愛는 네덜란드보다 강해 보인다. 결혼을 하겠다는 결정에 나의 부모님은 "좋아, 언제?"라고 답했다. 나에게도 가족은 아주 소중한 존재지만 그렇다고 부모님의 삶과 내 삶이 하나로 이어져 있는 것은 아니었다. 우리는 각자의 인생을 살고 있다. 그와 달리 한국의 가족들은 '가족'이라는 이름 아래 하나의 삶으로 묶여 있었다. 그 부분이 대단히 새로웠다.

서울에 도착한 순간부터 그녀의 어머니는 나를 가족처럼 대해주셨다. 편식이 심한 나를 위해 일일이 음식을 챙겨주시기까지 했다. 처음엔 '굉장히 친절한 사람' 정도로만 받아들였지만 어머니의 행동이 나를 아들로 받아들이는 마음에서 비롯한 것임을 깨닫자, 잔잔한 감동이 일었다. 아내는 그걸 '정'이라고 했다. 가족의 정이 한

국에선 아주 중요하다고. 그래서 가족이 될 사람으로 내가 그들에게 인정받아야 하는 거라고 덧붙였다.
조금 더 긴장감이 올라왔다. 좋은 인상을 남기고 싶었다. 그녀에게 좋은 가족이 되어줄 남자로 인정받아야 하기에 최선을 다했다. 나는 어느새 그녀와 그녀의 가족이 이룬 울타리 안에 들어가 '우리'라는 새 이름을 얻었다. 한국 사람들은 대화할 때 '우리'라는 단어를 많이 사용한다. '내 것'이라도 무의식중에 집단소유의 개념인 '우리

것'으로 말하는 경우를 자주 들을 수 있었다.

나는 그녀의 가족이 되는 일이 자꾸만 욕심났다. 우리 프랑크, 우리 아들, 우리 가족으로. 이런 느낌을 어디에서도 받아본 적이 없었다.

하나의 개체가 아닌 공동체로 묶이는 체험은 한국인이라면 자랑할 만한 특별함이라고 생각한다. 이 사람을 만나 나는 뜨거운 우리 가족의 일원이 되었고, 그 특별함은 네덜란드의 가족을 하나로 이어주는 힘도 발휘하고 있다. 다 우리 아내를 만나고 사랑할 수 있어서 가능한 일이었음을 고백한다.

정말 굉장하지 아니한가?

나는 누구?

아내는 별명을 짓는 일이 그렇게도 좋은가보다. 내게 붙여진 별명만도 열 개는 족히 넘는다. 내가 꿀물을 좋아한다고 나를 '곰돌이 푸우'라고 부르더니, 잠결에 베갯잇에 침을 흘렸을 때는 '벨벨씨', 요즘엔 팔이 짧고 육식을 좋아한다며 '티라노'라고 부른다. 특별한 이유가 없는 별명들도 많다. 그냥 아내의 기분에 따라 그렇게 부르는 모양인데 그럴 때면 나는 '슈퍼맨'도 되었다가 '루시' 혹은 '백설공주'가 되기도 한다. 처음엔 그런 아내의 취미가 의아하기도 했지만 이제는 별명으로 안 불러주면 은근 섭섭하다. 특이한 아내의 취향 덕분에 나는 집에서 다양한 이름으로 불리고 있지만, 사실 네덜란드에서는 '프랑크 브링크'라는 이름만으로 나에 대한 소개는 끝난다. 대화 속에서 직업이나 관심분야가 자연스럽게 나오는 경우가 아니라면 회사, 나이, 출신 학교 따위의 정보는 궁금해하지도

물어보지도 않는다. 하지만 한국에서는 달랐다. 특히 나이에 대한 부분은 남자들 사이에서 꽤 민감한 부분인 듯했다. 처음엔 그런 점이 불편하기도 했지만, 지금은 한국 사람, 특히 남자를 만나면 내가 형인지, 그 사람이 형인지 재빨리 묻는다. 형이 되는 날에는 두 손을 번쩍 들고 "예스!"를 외친다. 한국 사람들은 그런 내 모습이 꽤 재미있는 모양이다. 사실 나이가 중요하지 않다는 생각에는 변함없지만 최소한의 예의를 지키기 위한 것이라는 이유엔 공감한다.

내가 누구인지에 대한 고민은 네덜란드에 살게 된 그녀가 가장 심각하게 고뇌했던 문제임을 나는 잘 알고 있다. 그녀는 그때나 지금이나 '지은주'라는 하나의 인격체이고 내 아내이며 사랑이다. 하지만 그보다 많은 것에 기대어 살아왔던 세월을 알기에 나는 섣불리 아내의 고민을 덜어주거나 위로하기가 조심스러웠다. 그저 조용히 지켜보며 그녀를 응원했다. 잘해낼 거라는 믿음이 있었기에 가능했다.

세상에 아무것도 아닌 사람은 없다. 그래도 벌거벗은 기분을 떨치지 못한다면 배경이나 환경에 기대기보다는 자신의 부족함을 바로 봐주고, 충고해주는 사람의 목소리에 귀를 기울이는 편이 낫다.

"나를 그 정도밖에 안 봐?" 하고 기분 나빠 할 일이 아니다. 오히려 더 나은 사람으로 성장하는 기회를 얻은 것이다. 그러기 위해서는 무엇보다도 자기 확신이 필요하다. 잘난 척하는 것처럼 보일 수 있지만, 자기 자신에 대한 확신을 갖지 못한다면 세상 누구의 신뢰도 얻을 수 없다는 게 내 생각이다.

이러한 확신은 사랑에서도 중요하다. 사랑이란 결국 서로 다른 두 인격체가 만나 마음과 마음을 나누는 것이다. 나 혹은 상대방이 가진 것, 혹은 두 사람을 둘러싼 배경이나 환경에 가치를 둔다면 사랑은 결코 지속될 수 없다. 지난날의 그녀는 자기에 대한 확신은 부족했을지 모르지만, 나를 있는 그대로 받아주는 일에는 아주 관대했다.

그리고 이제 누군가가 내게 "당신은 누구입니까?" 하고 묻는다면 이렇게 대답할 것이다.

"나는 프랑크입니다. 그녀의 남편이지요."

더불어 재빠르게 누가 형인지를 따져볼 것이다.

형이 되는 기분을 포기하기란 힘드니까.

김치
CHI(Ponytail Radish Kimchi)
roduced under strict
ntrol.

편식

아내가 아팠다. 그녀가 아플 때만큼 슬플 때도 없다. 안절부절하지 못하고 심각한 표정을 짓는 나를 본 아내가 농담을 시작한다.

"여보, 내가 죽으면 내 옷은 자기가 입어. 그리고 죽기 전에 김치를 먹고 싶어."

그런 소리는 농담으로도 하는 게 아니라고 눈을 부릅떠보지만 깔깔 웃는 그녀는 도무지 심각하게 받아들일 생각이 없는 것 같다. 서울에서 키우던 강아지가 몰래 사료를 훔쳐 먹어 동그란 배 속에서 사각사각 소리가 났었는데, 자기가 꼭 그 강아지가 된 기분이라는 둥, 메밀 베개가 뭔지는 모르겠지만 배에서 나는 소리가 그 베개를 닮았는지 자길 메밀 인간으로 불러달라는 둥, 아픈 게 맞나 싶을 정도로 쉴 새 없이 조잘거린다.

학교에서 돌아오는 길에 김치를 먹고 싶다던 아내의 말이 떠올라 한국 마트에 들렀다. 주인 아주머니에게 속이 안 좋을 때 먹는 김치를 달라고 했더니 무로 만들었다는 김치를 건네줬다. 그땐 미처 알지 못했다. 코를 찌를 듯한 김치 특유의 냄새를. 정말 김치를 사 왔냐며 침대에서 스프링처럼 튀어오른 그녀가 봉투를 열었을 때 나는 직감했다. 김치는 그녀의 세상 일부이지만, 나에겐 받아들이기 힘든 대상이라는 것을. 정말 강력한 냄새였다. 혹시나 그녀가 상처를 받을까 싶어 아주 조심스럽게 창문을 열자 그녀가 깔깔대고 웃는다. 내 얼굴이 귀신을 본 것 같다나.

나는 워낙 편식이 심하다. 그 부분에 대해서는 스스로도 부끄럽게 생각하고 있기 때문에 최대한 고쳐보려고 노력하지만, 어려운 것이 사실이다. 한국 음식은 더욱 난제다. 근본적인 건 나의 잘못된 음식 습관에 있지만 문화 차이도 어느 정도는 있는 것 같다. 멸치볶음만 해도 그렇다. 물고기 수십 마리의 눈을 마주한 음식을 먹는 것이나 아침과 점심에 먹는 상당한 양의 식사는 내게 익숙하지 않다. 한국 여자와 결혼했음을 실감하는 대목이다. 이런 부족함을 알아주는 고마운 아내는 나를 배려해 내가 집을 비운 사이에 김치를 먹거나, 멸치 대가리를 떼주는 등의 친절을 베푼다. 어쩐지 그녀에겐 고맙고 미안한 일들만 늘어간다. 편식이 심한 남편이지만 사랑해줘 고마운 날들이다.

ZWARTE PEPER
MIDDELLANDSE ZEEZOUT

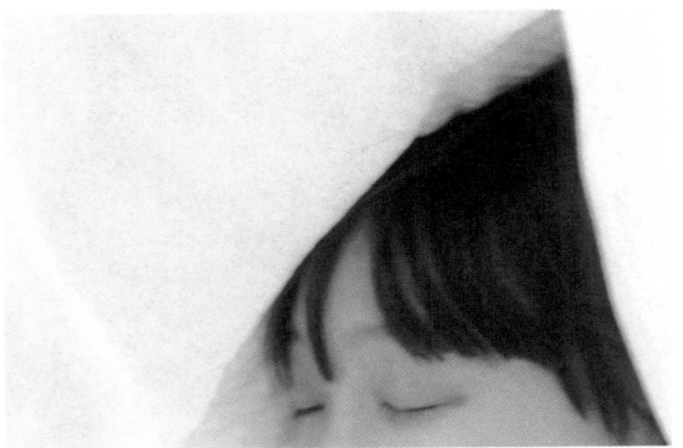

아내는 신데렐라

7시가 되면 알람이 울리기도 전에 눈을 뜨고, 자정을 넘기기 전에 잠을 자는 아내의 별명은 신데렐라다. 그녀는 정말 부지런하다. 내가 없는 시간에는 가구를 리폼하기도 하고, 스스로 배치를 바꾸기도 한다. 목도리를 짜서 선물해주는가 하면, 청소에 있어서는 타의 추종을 불허한다. 그것이 한국 여자의 특징인지는 모르겠지만, 집에서도 신발을 신고 다니는 게 익숙했던 내가 이제는 자연스럽게 신발을 벗게 된 것도 반짝반짝 윤이 나는 바닥을 더럽혀서는 안 될 것 같은 생각이 절로 들기 때문이다.

가족들은 우리 집에 방문할 때마다 반질거리는 마룻바닥을 보고 어떻게 이렇게 윤이 나는지 묻곤 한다. 그러면 그녀는 그저 웃고, 나는 이 사람 덕분이라고 대답한다. 하지만 가족들이 모르는 게 하나 있다. 가족들이 돌아간 다음이면 어김없이 한국에서 가져온 스팀청소기가 등장한다는 사실을. 그런 연유로 주말 청소 당번을 맡은 나는 언제나 어깨에 잔뜩 힘을 주고 청소를 한다. 아내의 성에 차기엔 내 청소 실력은 아직 부족하단 걸 알고 있기 때문이다.

아내를 신데렐라라고 부르는 이유는 또 있다. 네덜란드의 초대 문화 때문이다. 보통 친구들이 집에 놀러 올 경우에는 식사 시간을 피해 저녁 8~9시 정도에 모이는 경우가 많은데, 그러다 보면 자연스레 자정을 넘기는 경우가 허다하다. 12시 전에는 꼭 잠을 자야 하는 아내는 처음에 그 부분을 이해하기 힘들었다고 한다. 웃으며 앉아 있었지만 뭐 이런 예의 없는 사람들이 다 있나 했었단다. 12시가 넘었는데도 눈치 없이 떠날 줄 모르는 친구들 때문에 많이 힘들었던 모양이다. 직장을 다니기 시작하면서 단 5분의 늦잠이 얼마나 소중한지 알게 된 지금은 나도 아내의 고충에 공감하게 됐다. 하지만 그게 네덜란드의 문화다. 정식으로 사람들을 초대하는 파티는 밤늦게까지 이어진다. 그러니 부모님의 결혼기념일 파티가 새벽 2시까지 이어졌을 때, 아내가 얼마나 놀랐을지 대충 짐작이 간다.

최근 우리 집 신데렐라는 네덜란드의 초대 문화를 받아들이며 자기만의 방법을 찾았다. 12시까지는 최대한 즐기고, 자정이 넘으면 홀연히 자리를 떠나는 것이다. 이를 두고 이상하게 여기는 사람은 없다. 오히려 그동안 가족과 친구들은 그녀에게 그렇게 하라고 권하기도 했다. 하지만 집주인이 어떻게 그럴 수 있느냐며 한사코 거절해왔었던 것이다.

“이제 한국식 예절 지키기는 안 하기로 한 거야?”

웃음을 흘리며 아내에게 묻자, 아내는 눈을 가늘게 뜨며 답한다.

“신데렐라는 내일 청소를 해야 하니까 자야 해.”

아내는 신데렐라가 왕자님을 만나서 공주가 되어 행복하게 살았다는 마지막 부분은 안 읽은 모양이다.

아차! 내가 왕자가 아니라서 그런가?

도대체 어디가 닮았어?

아내의 얼굴을 가만히 들여다보고 있으면 시간 가는 줄 모르겠다. 동글동글 귀여운 코와 쌍꺼풀 없는 눈, 도톰한 입술. 아내의 얼굴은 나와는 전혀 다르게 생겼다. 나는 쌍꺼풀 진한 눈에 커다란 코, 얇은 입술을 갖고 있다. 그녀는 내 얼굴이 부럽다고 말한다. 여자가 남자 얼굴을 부러워하다니 이해는 안 가지만, 잘생겼다는 아내의 칭찬은 그저 고맙다. 높은 코를 커다란 코라고 놀리는 이곳의 외모 기준을 이해 못하겠다는 아내가 사랑에 눈먼 상태로 계속 있어주기를 바란다.

한국에서는 처음 만나는 사람들도 내게 "잘생겼다"는 말을 자주 한다. 외모에 대한 칭찬에 인색한 네덜란드에서는 경험하기 힘든 일이라 처음엔 어떻게 반응해야 할지 몰랐다. 지금은 "고맙습니다"라는 인사말을 배워 열심히 허리까지 굽혀가며 고마움을 표현한다.

그렇더라도 부끄럽고 민망한 마음이 사라진 건 아니다.

그런데 한 가지 납득이 가지 않는 것이 있다. 나와 아내가 닮았다는 말이다. 앞에서도 이야기했지만 그녀와 나는 눈, 코, 입 어디 하나 닮은 구석이 없다. 그런데 닮았다니 도대체 어디가 어떻게 닮았다는 건지 궁금하다. 한번은 거울 앞에 앉아 그녀의 얼굴과 내 얼굴을 찬찬히 관찰하기도 했다. 여전히 해답을 얻지는 못했지만 "분위기가 닮은 걸 거야"라는 그녀의 말도 "사랑하면 닮아간다"는 한국인의 속설도 기분 좋게 들리는 걸 보면 나도 은연중에 그녀를 닮고 싶었던 건지도 모르겠다. 내 커다란 코가 아내의 앙증맞은 코를 닮아간다면, 나이가 들어서도 '귀엽다'는 말을 듣지 않을까 기대해 본다.

YOUR
SMILE
YOUR
LAUGH

아내의 미소

결혼을 하고 떨어져 지내야 했던 지난 2년간, 내 양쪽 어깨에는 막중한 책임감이 내려앉았다. 조금 더 솔직하게 얘기하면 죄책감에 더 가까울지도 모르겠다. 미처 공부를 마치지 못해 직장을 얻지 못한 나는 사랑하는 사람을 곁에 둘 수 없는 현실이 정말 견디기 힘들었다. 또한 어렵게 선택한 그녀의 결정에 좌절감을 안겨준 건 아닌지 두려웠다. 하지만 지금 당장 내가 할 수 있는 일은 공부에 매진해서 졸업을 하고, 직장을 가지는 방법뿐이었다. 그것만이 유일한 해결책이었기에 나는 최선을 다했다. 떨어져 있는 시간 동안 서로 많이 성숙해진 것도 사실이지만, 요즘도 당시를 떠올리면 그리움에 사무쳤던 시간이 떠올라 목이 멘다. 두 번 다시 겪고 싶지 않은 시간이다.

당시 나는 외로움을 이기기 위해 작은 노트를 하나 마련해 그녀가 생각날 때마다 '나를 행복하게 하는 아내'에 대해 써내려갔다.

그녀의 목소리, 나를 향한 지지, 끊임없는 믿음, 불쑥 걸려온 전화, 그녀의 농담, 네덜란드어를 배우려는 그녀의 노력, 나를 안는 그녀의 팔, 귀여운 코…… 하나하나가 간절했으므로 글로 대신하는 것만으로도 행복했고 따뜻했다. 그녀가 네덜란드에 돌아왔을 때, 나는 그 작은 노트를 선물했다. 그리고 몇 년이 지났을까. 한국에서 장모님이 보내주신 아내의 물건들에서 그때 빼곡히 적어 건넸던 작은 노트를 발견했다. 아내와 함께 노트를 읽으며 감회에 젖었다. 때론 반복해서 적은 글귀를 본 아내가 할 말이 없었던 게 아니냐며 놀리기도 했다. 어떻게 그렇게 말할 수 있냐며 내심 토라진 척 연기해보지만 숨이 넘어갈 정도로 환하게 웃는 아내의 모습에 나도 그만 피식 웃음이 났다. 머리가 베개에 닿으면 곧장 잠들어버리는 아내를 내려다보며 아직 채우지 못한 여분의 페이지에 '당신의 태평함'이라고 적고, 다시 한 번 노트를 꼼꼼히 읽어내려갔다. 그리고 노트에 반복해서 적은 말은 다름 아닌 '아내의 웃음'이었다는 걸 발견했다.

복잡하고 어려운 상황 속에서도 끊임없이 나를 향해 웃어주던 아내, 부족한 게 많은 나를 남편으로 받아들이고 행복해하며 미소 짓는 그녀, 그런 아내가 있기에 나는 비로소 마음의 안정을 얻고 어른으로 성장했다. 그리고 아내의 웃음은 여전히 내게 최고의 엔도르핀이다. 온 힘을 다해 웃는, 해처럼 밝은 그녀의 웃음 덕분에 나는 오늘도 힘을 얻는다. 그리고 언젠가는 그녀도 내가 왜 그토록 '아내의 웃음'이라는 말을 써내려갔는지 알아주었으면 좋겠다.

고백

I am happy because of you.

You are my everything.

Everyday again, I want to marry you.

나는 당신 때문에 행복합니다.

당신은 나의 모든 것입니다.

매일 다시, 당신과 결혼하고 싶습니다.

chapter. 5

그와의 연애 장소

-네덜란드-

촉촉한 물기를 머금은 네덜란드.

비 오는 날의 수채화.

비 냄새 가득한 이곳의 매력을 찾아가는 보물찾기 놀이.

Heineken

→

여행

'외로우니까 사람이다'라고 노래한 정호승 시인의 시구처럼 낯선 곳에서 사람은 본능적으로 온기를 찾아 헤맨다. 세상사 모든 일이 관계로 얽혀 있으니, 여행이라고 크게 다르지 않다. 새로운 환경에 바짝 긴장한 여행자는 다른 생김새의 그들이 건네는 인사 한마디, 미소 한 줌에 혈관 사이사이를 흐르는 따뜻한 체온을 느끼고 그 느낌이 추억이 되어 마음에, 기억에 자리 잡는다.

여행자들은 짧은 글이나 말로 낯선 사람들과의 만남과 경험을 전하곤 하지만, 이곳에 사는 나는 네덜란드의 인상을 한마디로 표현하기 어렵다. 이곳에서 부딪히며 살아가는 사람들 모두 각자의 상황과 인격이 다양하기 때문에 '네덜란드는 이렇다' 하고 단정 짓기가 힘든 탓이다. 어쩌면 여행자 대부분이 그러할 것이다. 말과 글로는 다 담지 못하는 여행의 순간과 감정을 모두와 공유할 수는 없다. 그런 연유로 나는 여행지에 대한 인상을 단정적으로 전하지 않으려 노력한다. 내 느낌이 진하게 물든 감상은 새로움을 갈구하는 여행자들에게 방해가 될 뿐이니까.

여행에서는 흑과 백을 나누는 습관을 버리도록 하자. 뜨거움과 차가움은 이분되는 개념이 아니라 열의 존재와 부재에서 오는 느낌일 뿐이라는 것을 기억하자. 여행은 새로운 시각을 가지기 위한 투자가 아니던가. '좋다' 혹은 '나쁘다'와 같은 판단은 잠시 미뤄두고, 자기가 서 있는 그곳을 온몸으로 느끼는 일에 촉각을 세우자. 여행은 긴 인생에서 얻는 마법 같은 일탈이고, 얽히고설키는 관계에서 홀가분하게 빠져나와 마음의 여유를 찾는 순간이다.

그리하여 당신도 그곳에서 새로운 공기를 호흡하기를,

여행, 그 두 글자의 설렘으로 행복한 추억들만 안고 돌아오기를,

다양한 경험으로 성장한 모습에 감사하기를 바란다.

SUPER
MARKT
HOTEL

5
Centraal
Station
908

→

5번 트램을 타고

암스테르담
Amsterdam

트램은 네덜란드의 교통수단 중 하나이다. 트램을 처음 봤을 때, 옛날 영화에서 봤던 도로 위를 달리는 전차가 생각나 나는 지금도 트램을 굳이 전차라고 부른다. 어쩐지 정감 가는 이름이다. 이따금 남편을 졸라 전차를 타러 가자고 길을 나선다. 목적지는 없다.

암스테르담 중앙역에서 남쪽에 앙증맞게 붙어 있는 위성도시 암스텔베인Amstelveen까지 오가는 '5번 전차'는 관광객이 많이 타기로 유명하다. 그도 그럴 것이 관광지로 유명한 암스테르담의 명소를 빼놓지 않고 들르기 때문이다. 우리는 이 5번 전차를 자주 이용한다. 창가에 몸을 접고 앉으면 차창으로 흐르는 암스테르담의 풍경이 마음에 담긴다. 나의 두 번째 집, 네덜란드 특유의 냄새가 코끝에 와닿는 느낌이다. 어쩌면 내가 기억하는 네덜란드의 향은 남편의 애프터셰이브 향일지도 모른다. 그러면 또 어떤가. 그가 곧 네덜란드인 것을.

정해진 목적지가 있는 날도 있다. 월요일 오전에는 북쪽교회 뜰에서 열리는 빈티지 마켓을 구경하기 위해 나가고, 수요일에는 정오에 열리는 무료 콘서트를 보기 위해 나간다. 빈티지 마켓에 가려면 5번 전차를 타고 담Dam 광장에 내리면 되고, 콘서트를 보려면 콘세르트헤보Concertgebouw에서 내리면 된다. 목요일은 저녁 6시 넘어서까지 상점들이 열려 있으니, 이럴 땐 아이쇼핑이라도 쇼핑을 즐기러 나간다.

어찌 되었든 종착역이 있는 전차이니 어디에선가 내려야 하는 운명인 우리는 그날그날 기분에 따라 정차 벨을 누르고 밖으로 내려선다. 서울의 지하철 2호선처럼 순환선이었더라면 더 좋았을 텐데 하고 아쉬워할 때도 있지만, 오히려 그렇기에 예상치 못한 좋은 곳을 발견할 수도 있음을 우리는 안다.

담 광장이나 뮤지움플레인Museumplein은 유난히 구시가지를 좋아하는 우리가 즐겨 찾는 곳이다. 다닥다닥 줄 맞춰 어깨를 마주하고, 서로에게 기댄 듯한 암스테르담의 건축물들을 보면 '위로'라는 단어가 떠오른다. '내게 기대도 괜찮아' 하고 속삭이는 오래된 네덜란드의 건물들의 포근함을 느끼며 그 길을 걷다보면 마음이 편안해진다. 게다가 내 옆에는 건물에 얽힌 암스테르담의 역사를 설명해주

espresso

De Kleine Winst

는 남편이 있다. 학생 시절 가이드로 아르바이트를 했던 그의 경험이 빛을 발하는 순간이다.

구시가지의 서쪽 물길을 따라 하염없이 걷다 보면 요르단 지구가 나온다. 요르단 지구는 암스테르담 중앙역을 중심으로 북서쪽에 위치한 동네로, 최근 젊은이들이 가장 살고 싶은 동네로 손꼽힌다. 도심이지만 운치가 있는 아주 매력적인 곳이다. 이곳에는 발길을 잡아끄는 멋진 카페도 많다. 다리가 아파 올 즈음엔 어서 카페 안으로 들어가 핫초콜릿에 생크림을 듬뿍 얹어달라고 부탁한다. 함께 있을 땐 씁쓸한 커피보다 달달한 음료를 자주 마신다. 둘이 있으니 더 달게 느껴져서 좋다나 뭐라나.
담 광장 주변의 쇼핑거리와 뮤지엄만 서둘러 보고 돌아가는 관광객들이 이곳에 와본다면 암스테르담에 대한 인상이 달라질 거라고 반복해서 얘기하면 남편은 "이렇게 좋아하니, 아무래도 요르단에 집을 사야겠네" 하고 실없는 소리를 건넨다. 그러면 나는 또 "어떤 집을 살까?" 하고 받아치며 웃는다. 이런 농담을 주고받으며 카페에 앉아 지나가는 사람을 구경하는 이 시간이 전혀 지루하지 않다.
날씨가 좋은 날에는 전차를 타고 암스테르담 국립미술관이 있는 호베마스트라트Hobbemastraat에서 내려 그 일대를 산책하기를 권한다. 도심 한가운데 자리한 폰덜파르크Vondelpark의 신선한 공기를 맘껏 호흡할 수 있기 때문이다. 널찍한 잔디밭에 벌러덩 누우면 세상을 다 얻은 것 같은 평화로움이 느껴진다. 평일 오후, 모두가 일터에 나간 시간인데도 어김없이 북적이는 이곳은 여전히 내게 미스터리다. "이 사람들은 일은 언제 할까?" 고개를 갸웃하는 내게 "다 우리 같은 사람들인가보지" 하며 남편은 껄껄 웃음을 터뜨리고 만다.

한가롭게 시간을 보내는데도 배는 또 왜 그리 자주 고픈지…… 남편이 '환락가'라고 부르는 레이체플레인Leidseplein 정류장에 내려 길게 늘어선 레스토랑 사이를 누비며 메뉴를 정한다. 무제한 립스테이크를 제공한다는 솔깃한 제안에 주머니를 탈탈 털어 배불리 먹을 때도 있지만, 보통은 거리가 훤히 내려다보이는 햄버거 가게 2층에서 간단히 요기를 하거나, 볶음밥을 포장해 벤치에 앉아 거리를 가득 메운 사람들을 구경하며 배를 채운다.

저녁나절 집으로 돌아오는 길에 올라탄 5번 전차는 한국의 콩나무시루 같은 지하철의 향수가 떠오를 만큼 많은 승객이 타 있다. 그러면 남편은 팔을 뻗어 내가 사람들에게 밀리지 않도록 공간을 마련해준다. 훅 하고 풍기는 그의 애프터셰이브 향, 네덜란드 냄새다.

Mentor
PHOENIX

OP
RUI
MING
35%
OP
RUI
MING

1914

→

암스테르담의 숲
Amsterdamse Bos

암스테르담과 암스텔베인을 길게 잇는 암스테르담 숲Amsterdamse Bos은 공원이라기보단 이름처럼 숲이라고 해야 옳다. 뉴욕의 센트럴파크Central Park의 면적보다 세 배나 더 큰 이곳은 암스테르담의 허파와 같은 곳이다. 신혼 초, 도보로 5분이면 암스테르담 숲에 닿을 수 있었던 그때, 우리는 여름이나 겨울이나 시간이 날 때마다 넓은 숲 속을 목적 없이 거닐곤 했다. 폐 속 깊이 푸른 공기를 들이마실 수 있는 것만으로 고마운데 늘씬한 서양 젊은이들의 탄탄한 근육을 마음놓고 구경할 수 있는 데다, 승마를 즐기는 이국적인 광경도 만날 수 있다. 또 이곳에는 조정 경기장이 들어서 있는데 그 때문에 한인들에게 암스테르담의 미사리로 불리기도 한다. 바람, 호수, 들판으로 꽉 찬 이 자연이 사람의 손으로 만들어졌다니 새삼 인간의 힘과 경이로움을 되돌아보게 되는 곳이다.

지난여름, 나는 어김없이 암스테르담 숲을 찾아 들판이 시원하게 내려다보이는 언덕에 올라 온몸으로 햇볕을 즐겼다. 그곳에는 마침 나보다 한발 앞서 당도한 한 커플이 바쁜 일상을 비껴간 풍경을 음미하고 있었다. 남자는 유려한 솜씨로 캔버스에 서서히 내려앉는 석양을 담아내고 있고, 여자는 그런 그를 눈에 담고 있었다. 부러워 어쩔 줄 모르던 내 시선을 알아챘는지 나를 보며 방긋 미소를 지었다. 고요한 휴식을 낯선 이와 나누는 접근조차 그들은 참 자연스러웠다. 어디에서 왔는지, 어디로 가고 있는지에 대한 가벼운 이야기였지만 미소를 나누고 삶을 나누고 마음을 나누는 시간이었다. 그리고 남자는 석양이 드리워진 캔버스 위에 나와 여자를 새겨주었다. 그와 그녀의 휴식 속에 함께 숨 쉴 수 있었던 그 시간, 잊을 수 없는 암스테르담 숲의 기억이다.

→

렘브란트에게 너무 좁았던 그곳

레이던
Leiden

학생 아파트를 벗어나 우리 둘만의 첫 보금자리를 만든 곳은 레이던[Leiden]이라는 작은 도시다. 암스테르담에서 기차를 타고 남쪽으로 20분, 독일의 마스[Maas]강이 흘러드는 이곳은 빛의 화가 렘브란트[Rembrandt, Harmensz. van Rijn]의 고향이기도 하다. 그래서인지 이곳 사람들에게선 역사가 깊은 도시에 살고 있다는 특유의 자신감이 느껴진다. 렘브란트는 먼저 떠난 아내에게 쓴 편지에서 야망을 펼치기엔 이곳이 너무 좁았노라고 고백하고 있지만, 그에게는 좁은 곳이었을지 몰라도 우리는 레이던이 꽤 마음에 든다. 토요일마다 열리는 도심의 장터는 언제나 생기 넘치고, 페스티벌 기간이 찾아오면 온 동네가 들썩이니 무료할 틈도 없다.

특히 지난 4월 열린 부활절 페스티벌은 우리에겐 특별한 데이트 시간이었다. 네덜란드만의 독특한 주거단지인 호프[Hof]에서 열리는

음악회, '호프 콘세르트Hof concert'가 아름다운 정원에서 펼쳐졌다.

여기서 잠깐, 호프가 무엇인지 설명을 하고 넘어가자면, 호프는 과거 부유한 지배층이 빈곤층을 위해 지어준 집을 일컫는다. 딱딱한 사각형의 집단 주거 형태를 이루고 있지만, 정원을 중요하게 여기는 네덜란드인답게 건물 안쪽에는 정원을 꾸며놓아 삭막함을 덜어내도록 설계되었다. 최근엔 도심 한가운데 자리하고 있다는 이점과 중정이 있는 매력 때문에 사람들의 각광을 받으면서 더 이상 집 없는 사람들의 쉼터는 아니다.

나는 봄바람에 살랑대는 치마를 입고, 맑은 하늘 아래 실외 음악회를 보기 위해 길을 나섰다.

그곳에는 호프에 살고 있는 사람들이 십시일반으로 내놓은 각기 다른 의자들이 죽 늘어섰고 호프 중앙에는 하얀 천막이 드리워져 있었다. 프로 연주자부터 음악학교에 다니고 있는 대학생, 오디션을 거쳐 선발된 아이들까지 나이, 성별에 관계없이 무대는 시민들이 자율적으로 참여하고 꾸며나가는 식으로 진행되었다. "팸플릿을 사면 내년에도 레이던 축제가 열릴 수 있습니다!" 하고 모금함을 들고 다니는 관계자의 말에 공연 정보가 상세하게 적힌 팸플릿을 구입했다. 피아노처럼 무거운 악기는 현장으로 옮기기 어려운 탓에 악기 상점에서 피아노 연주회를 주관했고, 교회에서는 장중한 파이프오르간 소리가 울려퍼졌다. 작은 동네에서 열리는 페스티벌인 만큼, 소박하기에 더욱 아름다웠던 봄의 축제였다.

"우린 참 좋은 도시에 사는 것 같아."

이곳에 둥지를 튼 지도 1년이 다 되어간다. 아직 창밖으로 내리는 비가 유난히 차가워 보이는 겨울이지만, 벌써부터 내 눈에는 4월의 레이던이 아른거린다.

Huis en Hof

→

바다와 소녀

덴하흐
Den Haag

서울에서 자란 내가 고향을 생각하면 푸른 바다가 보고 싶어지는 건 왜일까. 문득 바다가 그리운 날에 남편과 함께 북해의 파도가 출렁이는 덴하흐Den Haag로 향했다. 해변 카페에 앉아 유난히 낮게 깔린 구름과 푸른 바다를 바라보고 있노라면 하늘과 바다의 경계가 모호해진다. 덴하흐에서는 누구나 몽상가를 자처하고 나설 것이다. 차가운 북해를 마주한 이곳은 묘한 기운을 내뿜고 있으므로. 다른 세상에 와 있는 듯한 이질감과 왠지 모를 편안함이 공존한다. 바다 때문만은 아니다. 덴하흐보다는 헤이그Hague라는 이름으로 익숙한 이곳은 백작의 울타리라는 뜻의 스흐라벤하허's- Gravenhage라는 공식 명칭도 가지고 있다. 다양한 이름만큼이나 다양한 색깔을 간직한 곳이다. 여왕이 살고 있는 동화 같은 도시이자 네덜란드의 행정 수도이기도 하다. 이곳을 표현하는 말은 또 있다.

'진주 귀걸이를 한 소녀가 있는 곳.'
유난히 박물관이 많은 네덜란드지만 그중에서도 박물관을 추천하라고 하면, 나는 주저 없이 덴하흐의 마우리츠하위스Mauritshuis를 꼽는다. 마우리츠하위스는 관람하기 좋은 적당한 규모의 미술관으로 책에서 한 번쯤 본 적 있는 작품들이 전시되어 있다. 특히, 서유럽의 모나리자라고 불리는 〈진주 귀걸이를 한 소녀〉가 이곳에서 숨쉬고 있기에 더욱 특별한 곳이다.
빛을 머금은 눈동자, 엷게 빛나는 입술 그리고 진주 귀걸이가 이루는 완벽한 삼각구도. 깜짝 놀랄 만큼 작은 프레임 안에서 그녀는 매혹적인 미소를 머금은 채 빛나고 있다. 파리 루브르 박물관에 있는 모나리자같이 그녀만의 방은 따로 없지만, 미술관 안에서 지나가는 사람들을 부지런히 두 눈으로 좇고 있다. 렘브란트와 스테인Steen, Jan 등 대가의 작품과 함께 방을 나눠 쓰면서도 전혀 기죽지 않는 당돌한 눈빛이 매력적이다. 이 고혹한 소녀를 만나기 위해 수많은 사람들이 덴하흐를 찾는다. 앞서 만난 바다가 그러했듯 그녀 역시 내 상상력을 자극한다. 이 소녀와 이 소녀를 그린 작가의 삶까지도 베일에 가려져 있기 때문이다. 소녀가 걸친 옷은 비단 머릿수건과 귀걸이와는 어울리지 않는다. 검게 칠한 배경까지도 숨은 이야기를 품고 있을 것만 같다.
덴하흐로 향하는 날에는 바다와 소녀를 만나러 간다고 그에게 쪽지를 남긴다. 문득 찾아오는 그리움과 어디쯤 와 있을지 모르는 내 삶을 만나러 간다는 뜻이다. 바다와 소녀를 만나기 위해 훌쩍 떠났다가 돌아온 나에게 그가 묻는다.

"바다로 간 소녀는 어떻게 살고 있어?"
"행복하대, 소녀는."

Mauritshuis

→

물길을 따라 걸어요

히트호른
Giethoorn

네덜란드 사람들의 휴식처가 되어주는 조용한 시골 마을 히트호른Giethoorn은 복잡한 물길과 좁은 인도로 이루어진 마을이다. 이곳은 자동차가 들어갈 수 없다. 이동 방법은 걷거나 혹은 보트를 이용하는 것뿐이다. 유난히 물길 가르기를 좋아하는 시부모님 덕분에 시간이 날 때마다 우리 가족은 히트호른을 찾는다. 보트를 타고 드넓은 호수를 지나기도 하고, 느린 걸음으로 산책을 즐기기도 한다.

보트를 타고 한가로이 물놀이를 하는 것도 좋지만 나는 주로 걷는 것을 좋아한다. 겨우 한 사람이 지나갈 만큼 좁은 길에서 앞서 걷는 그의 손을 잡고 천천히 거닌다. 완만한 경사의 오르내림이 리듬처럼 연결되어 걸음마저 경쾌해진다. 아름다운 배경 위에 찬란히 펼쳐지는 햇빛을 만나기라도 하면 탄성을 자아내는 자연의 위대함에 온몸이 떨린다. 무엇이든 그려내기만 하면 그림이 되는 이곳,

히트호른은 네덜란드 전통 양식을 따라 지붕에 갈대를 얹은 집이 종종 보인다. 배경과 딱 맞게 어울리는 것을 보면 이곳의 집주인들은 예술가가 틀림없다.

그렇다고 히트호른을 잘 꾸며놓은 아틀리에와 세련된 카페만 있는 럭셔리한 마을로 오해해서는 안 된다. 마을 곳곳에는 비료 썩은 냄새가 구수하게 퍼져 정겨운 시골 마을을 연상케 한다. 또한 네덜란드의 전원생활이 궁금한 사람을 위해 농가를 체험할 수 있는 홈스테이도 준비돼 있다.

좋은 것을 보면 마음에 담은 사람들이 그리워지는 건 누구나 같은 모양이다. 언젠가 히트호른에 엄마와 함께 다시 오고 싶다던 친구의 말처럼, 나 역시 소중한 사람들과 언제고 히트호른의 물길을 즐겁게 가르고 싶다.

→

여왕의 숨결

아펠도른
Apeldoorn

"마구간이어도 안 되지만 궁전이어서도 안 된다"는 네덜란드 왕족의 절약 신념은 왕궁을 지을 때에도 여실히 드러난다. 암스테르담에서 북쪽으로 한 시간 남짓 가다 보면 현재 여왕의 할머니가 머물던 왕궁, 헤트 로[Het Loo]가 나온다. 왕족의 위엄과 웅장함보다는 현실적이고 실용적인 면이 돋보이는 왕궁이다. 만일 누군가 네덜란드를 가장 잘 느낄 수 있는 곳을 추천해달라고 한다면 나는 단연 헤트 로를 소개해줄 것이다.

헤트 로에 처음 방문했던 건 몇 년 전 겨울이다. 한 번쯤은 꼭 봐야 할 곳이라던 그의 말대로 이곳의 인상은 강렬했다. 향긋한 꽃 내음이 가득한 실내장식과 왕궁 식구들이 쓰던 펜 하나까지도 잘 보존되어 있는 이곳의 섬세한 관리에 절로 감탄이 나왔다. 또한 크리스마스 시즌에 맞춰 꾸민 데커레이션은 지금도 여왕이 이곳에 살고

있는 것만 같은 착각을 불러일으킨다.

"정말 내가 여왕이 된 것 같아."

아내의 유치한 농담에 핀잔을 주기는커녕 남편은 손을 내밀어 에스코트를 청한다.

과거에 연회장이었던 1층을 리모델링한 카페에 자리를 잡고 하얀 찻잔에 손을 올리자 그가 나만을 위한 역사 수업을 시작한다.

네덜란드의 왕가는 대대로 백성 위에 군림하기보다 백성을 위해

헌신한 왕가로 유명하다. 나라가 어려울 때는 백성에게 궁전을 내주고 국가 경제의 어려움이 닥치면 사유재산을 팔아 융통할 자금을 마련하는 등 국민을 위한 왕이 되기를 자처했다. 왕궁이 박물관으로 탈바꿈한 것도 재산 환원을 약속한 여왕의 결정으로 이루어진 것이라고 한다. 소박하고 정갈한 왕궁의 모습이 그 마음씨를 꼭 닮아 있다.

나도 이들 왕가의 신념을 본받아 상대를 배려하는 마음으로 성장할 수 있도록 노력해야겠다. 아직은 부족한 면이 많지만, 차츰 더 좋은 사람으로 거듭날 거라고 믿는다.

→

캠핑

한적한 시골 무인 호박 가판대,

'1유로를 넣으면 호박 두 개를 가져갈 수 있다'는

농부 아저씨의 귀여운 손글씨,

땡그랑 소리가 울리지 않게 조심조심 1유로를 넣어두고는

커다란 호박 두 개를 품에 안고 살금살금 집으로 돌아왔다.

아저씨의 믿음이 깨지는 일이 없길 바라면서.

바캉스 기간마다 캠핑카를 끌고 여기저기 여행을 다니는 시부모님 덕에 어렵지 않게 네덜란드의 캠핑 문화를 경험할 수 있었다. 캠핑의 일상은 뚝딱뚝딱 텐트를 치는 일로 시작한다. 여름이면 네덜란드의 바다로 몰려드는 독일 여행객을 만나 대화를 나누기도 하고 살랑이는 바람에 실려 온 진한 풀 냄새를 맡으며 자연을 만끽한다.

밤이 되면 무서우리만치 큰 소리로 울어대는 올빼미를 마주치기도 하고, 막 알에서 깬 새끼들과 수로를 헤엄치는 새를 구경하기도 한다. 직접 눈으로 보고 체험했지만 여전히 믿기지 않는 추억들이다.

부런 캠핑Boeren camping이라 불리는 농가에서의 야영생활은 더욱 활기가 넘친다. 허리까지 뛰어오르며 컹컹 짖어대는 강아지들과 놓아기르는 닭과 돼지가 텐트 주변을 어슬렁거리는 이곳은 동물 농장이나 다름없다.

목장을 운영하는 농가에 갔을 때는 배가 고픈 송아지에게 우유를 주는 모습을 처음으로 봤다. 젖병을 빠는 엄청난 힘에 놀란 건 말할 것도 없다. 신기한 마음에 캠핑 기간 내내 하루에 두 번, 젖 짜는 농부 아저씨 옆에서 넋을 놓고 시간을 보냈다. 덕분에 소들의 진한 똥 냄새가 온몸에 스며들어 시부모님과 남편에게 온종일 구수한 여인으로 놀림을 당하기도 했다.

남편은 깜깜한 밤에 화장실을 드나들어야 하는 불편함을 감수해야 하는 캠핑이 즐겁지만은 않은 모양이다. 그래도 재미있어 죽겠다는 얼굴을 하고 시부모님께 연신 캠핑을 가자고 조르는 아내를 외면하지 않아주어 고맙다. 나이가 들고 지금보다 더 여유로운 때를 맞이하게 되면 우리도 시부모님처럼 이곳저곳 캠핑카를 끌고 여행

bayerland
Quartz
Quartz
NL

을 떠날 수 있었으면 좋겠다. 그날이 오면 조류 백과사전을 펼쳐 들고 수로에서 노니는 아이들의 이름도 맞춰보고, 해 질 녘 마실 갔다 돌아오는 청소 무리를 환영하며 휴식의 즐거움을 만끽해보리라.

아~ 벌써부터 가슴이 설렌다. 포근해진다.

여행 중엔 이런 일도 있었지

기차 머리맡에 놓아뒀던 가방을 누군가 가지고 갔어.

노트북이 들었을 거라고 생각했나봐.

가방에 들어 있던 건 옷가지 몇 개와 엄마가 보내준 책,

열쇠 꾸러미, 파란색 빈 지갑,

시간 날 때마다 끄적거리던 노란색 다이어리가 전부였는데

그 도둑 참 운도 없지.

하지만 잃어버린 물건은 돈으로 살 수 없는 것들인걸.

남편에게 처음 선물한 셔츠,

아껴 읽던 책,

커플 열쇠고리.

그리고 노란색 다이어리에는 내 마음이 담겼지.

한국어라 훔쳐보지도 못할 것을……

돌려주면 참말로 좋겠네, 참말로 좋겠어. 중얼거리다가

억울해 죽겠네, 억울해 죽겠어!

음률을 맞춘 하소연이 흘러나왔지.

그런 내 귓가를 파고드는 남편의 속삭임.

"그래도 당신에겐 내가 있잖아."

→

세계에서 가장 아름다운 서점

마스트리흐트
Maastricht

작년 겨울, 통신원으로 일하던 잡지의 편집장 레터에서 '기회가 된다면 세계에서 가장 아름답다고 손꼽히는 마스트리흐트Maastricht의 셀렉시즈 도미니카넌Selexyz Dominicanen 서점에서 아이와 함께 하루 종일 앉아 책을 읽고 싶다'는 내용을 발견했다. 한국에도 여길 아는 사람이 있다는 사실이 얼마나 기뻤는지 모른다. 암스테르담에서 남쪽으로 세 시간은 족히 걸리는 마스트리흐트는 먼 거리에도 불구하고 그와 내가 망설임 없이 찾는 곳이다. 지붕마다 하얀 눈이 소복이 쌓인 마스트리흐트의 절경에 들뜬 마음을 부여잡고 도심을 향해 걸었다. 걸음걸음 마음이 실려 거리 곳곳에 새겨진다.

여행을 즐기는 방법은 특별히 볼 것이 없더라도 주어진 시간을 즐길 줄 아는 것이다. 나는 그와의 여행을 통해 이 사실을 깨달았다. 시계는 매일 원을 그리며 각을 맞춰 돌지만 어제 지나간 자리와 내

일 지나갈 자리는 다른 법이니까. 누구에게나 똑같이 주어지는 풍경도 내가 어떻게 바라보느냐에 따라 특별해지기도 하고, 지루해지기도 한다.

자, 이제 마음의 준비도 끝났으니 이 도시를 지키는 마리아가 있는 성당부터 돌아보자. 성당 내부는 어둡지만 나직하게 울리는 성가와 갖가지 기도 제목을 담고 있는 촛불이 활활 타오르며 유럽 성당의 기품을 은은하게 대변하고 있다. 조용하고 부드럽게 흐르던 음악을 따라 좁은 지하 계단을 내려가면 작은 기념품 가게가 나타난다.

"이 음악이 뭔지 알 수 있을까요?" 하고 묻자, 점원은 "음악이 참 좋죠?" 하고 싱긋 웃는다. 나는 그 웃음이 정말 좋았다. 마음이 통하는 느낌이었기에 더욱 그랬다.

"네 정말 좋군요."

'마리아를 위한 성가 모음'은 정말 너무나 훌륭했다.

아름다운 음악에 흠뻑 취해 성당 밖으로 나온 우리는 도심을 빙 두른 성곽을 따라 걷기 시작했다. 힘의 이동에 따라 수없이 시달렸을 이 국경도시의 역사를 되짚어보면서 마리아에게 의지해야 했던 당시 사람들의 모습이 그려져 왠지 모르게 코끝이 찡했다.

마스트리히트는 가톨릭교의 영향이 짙게 배인 네덜란드 남부 도시

kinderboeken
koken

로 이야기를 품은 성당이 많다. 스스로 붉게 물들어버렸다는 최고最古의 성당 성 세르바티우스Stifiskirche St. Servatius를 비롯하여, 서점으로 변신한 셀렉시즈 도미니카넌까지 성당만 둘러보기에도 하루가 모자랄 지경이다.

드디어 셀렉시즈 도미니카넌에 들어섰다. 돌바닥에서 또각또각 울리는 발소리가 조심스러워졌다. 고요함 속에 느껴지는 성스러움이 서점의 진지함과 만나 오묘한 매력을 풍겼다. 성당의 천장화를 복원한다는 조건으로 네덜란드의 대형 서점 셀렉시즈가 임대해 만든 독특한 공간, 셀렉시즈 도미니카넌은 성당의 분위기는 헤치지 않는 범위에서 디자인되었다. 서가는 은은한 간접 조명을 사용해 조용하면서 엄숙한 분위기를 자아냈고, 제단이 놓여 있던 곳에는 길게 누운 십자가 모양의 테이블을 활용해 북카페로 꾸며놓았다. 기존 성당 모습과의 조화를 위해 고민한 흔적이 그대로 느껴졌다. 바로 이런 점이 네덜란드의 실용주의가 종교에까지 스며들어 이루어낸 놀라운 결과다. 운이 좋으면 복원사들의 작업을 직접 구경할 수도 있다니, 이곳이 아무리 멀더라도 다시 찾게 되는 데는 다 이유가 있다.

세심한 디자인에 감탄을 금치 못하고 있는 내 곁으로 서가를 분주히 오가던 그가 만화책 몇 권을 골라 왔다. 이 아름다운 서점에서 고작 만화책을 골랐냐는 핀잔에 그는 아내를 위한 동화책도 슬쩍 내밀었다. 서로에게 선물해주는 것으로 하고 책 한 권씩을 가슴에 품고 돌아오는 길에는 마음이 풍성해졌다.

낯선 곳으로의 여행,

나는 오늘 주어진 시간을 즐길 줄 아는 낯선 곳의 여행자다.

곧 다시 만나요, 마스트리히트.

에필로그

또 한 번 겨울이 왔다. 올해 네덜란드 겨울은 유난히 눈이 잦다. 하얗게 지워지는 바깥 풍경을 바라보며 생각에 잠긴다.

그의 아내로 살게 된 지 5년이 지났고, 파릇파릇하던 이십 대 초반의 남편은 올해를 기점으로 서른이 되었다. 그리고 한 달만 더 기다리면 우리의 아기를 만난다.

이 겨울이 특별한 건 무엇보다 나의 이야기를 전할 수 있는 기회를 얻었기 때문이다.

결혼이라는 것은 누구에게나 막연한 이슈다. '이 사람이다!' 하는 확신을 갖기 전까지는 상상 속에 존재하고, 코앞에 다가온 현실도 이 길이 맞는지 검증할 수 있는 방법이 없다. 결혼은 오직 나의 용감한 결정과 상대방에 대한 신뢰로 내딛는 발걸음이다.

그래서 나는 감히 결혼 이후의 삶이란 '쌓아가는 것'이라고 말한다. 예상과는 다른 면이 툭툭 튀어나올 때마다 함께한 시간을 쌓고, 서로에 대한 신뢰를 쌓아서 둑을 만들어낸다. 함께 막아내기에 더 견고해지는 삶이 결혼이다.

나 역시 완전히 다른 배경의 남편을 만나 겪어야 했던 일들이 쉽지는 않았다. 한없이 나약해지는 내 모습에 스스로 실망했던 적도 여러 번이다. 하지만 그는 내게 홀로 서는 법을 알려주었다. 누군가에게 무작정 기대는 것이 아니라 스스로 일어서는 법을 배울 때, 나는 비로소 나를 찾을 수 있었다. 이제는 잠깐 그의 어깨를 빌려 쉬기도 하고 내가 그의 손을 잡아 이끌기도 한다.

화살처럼 지난 시간들을 돌아보며 나는 깨달았다. 결혼은 기적이라는 것을.

우리의 이야기를 내보이는 것이 부끄러워 글을 쓰는 것이 어려웠다. 지금까지 꾸준히 나를 응원해준 이들에게 감사하는 마음으로 글을 이어갔다.

우리의 사랑은 여전히 현재진행형이다. 열심히 사랑했고 또 사랑하기 위해 노력할 것이다.

세상에 단 하나뿐인 사람을 만나 결혼을 결심한 모든 사람들이 사랑의 추억으로 행복하기를 바란다.

오늘의 우리처럼.

seum

amsterdam

결혼하고 연애 시작

1판 1쇄 펴냄 2013년 03월 12일
1판 4쇄 펴냄 2015년 06월 05일

지은이 지은주 · 프랑크 브링크
펴낸이 최웅림

펴낸곳 나비장책
출판등록 제406-2006-00001호 | 2006년 1월 4일
주소 경기도 파주시 회동길 125-11(파주출판도시)
전화 031 955 7600
팩스 031 955 7610

이 도서의 국립중앙도서관 출판시도서목록(CIP)은 e-CIP 홈페이지(http://nl.go.kr/ecip)에서 이용하실 수 있습니다.
(CIP제어번호 : 2013001078)